ラヴァーズ文庫
18th anniversary
LOVERS LABEL

薔薇の宿命シリーズ・雄の花園・リロードシリーズ
illustration TOMO KUNISAWA

ラブ♥コレ 18th アニバーサリー

西野 花
HANA NISHINO

秀 香穂里
KAORI SHU

いおかいつき
ITSUKI IOKA

ふゆの仁子
JINKO FUYUNO

犬飼のの
NONO INUKAI

バーバラ片桐
BARBARA KATAGIRI

奈良千春
CHIHARU NARA

國沢 智
TOMO KUNISAWA

Lovers Label

CONTENTS

癪な横顔
illustration 國沢 智
平凡な喜び
illustration 奈良千春
西野 花

平凡な喜び（超現実主義者《ちょうげんじつしゅぎしゃ》と花《はな》の巫女《みこ》の蜜約《みつやく》番外編）

紬《つむぎ》の職業は魔祓《まはら》いというか、常人には見えないものを扱《あつか》うような仕事をしている。物心ついた時から特殊《とくしゅ》な力を持ち、それが原因で実の親に疎《うと》まれ、同じ力を持つ祖母の元に預《あず》けられた。以来、修行をして力のコントロールを身につけたのだ。

紬の力は、祖母のいる神社で祀《まつ》られている女神《めがみ》の力である。紬の家系には希《まれ》にこういう人間が生まれるらしいのだ。そして紬はその中でも特にレアケースで、女神の生まれ変わりと言われている。そして女神の力を発現させ、安定させるには、これと見込んだ男と交合を繰り返し、その陽の力を体内に注《そそ》いでもらわねばならない――。

久しぶりに来た東京は相変わらず刺激に満ちていた。寝室のベッドで本を読んでいた紬は、リビングから聞こえてくる友朗《ともろう》の声に顔を上げた。

紬達は今、埼玉《さいたま》の奥地と東京の二重生活をしていて、紬は基本的には埼玉の山奥の神社に奉《ほう》職《しょく》している。その山の麓《ふもと》の町に友朗が物件を借りていて、週の半分ほどはそこで過ごしていた。

「――じゃ、ライブ見てくれてありがとう。また近いうちにやりたいと思います。そんじゃまたな！」

リビングでずっと聞こえていた声が途切《とぎ》れて、しばらくして寝室のドアがガチャリと開いた。

「おつかれさま」

「おう」

友朗は配信者である。登録者数三百万人超えの大手配信者で、その他にもいくつか事業をやっている。会社をやっているのなら東京から離れたら駄目《だめ》なのでは、と思っていたのだが、最近はリモートでかなりやっていけるようだ。今日は自分のチャンネルでライブ配信をしていて、たった今終わったようである。二時間ほどしゃべりっぱなしだった彼は、ペットボトルの水をごくごくと飲んだ。

「いつも思うけど、よく一人であんなにしゃべりつづけられますね」

「そう？　しゃべるんだったらどんだけでもしゃべってられるけどな」

紬は無理《むり》だと思った。相手がいるならともかく、一人でそんなに話せない。

「つってもコメントとか来るから、それに答えてたりするけど。あ、あと、今日はこれ！」

彼は手に撮影《さつえい》用のカメラを持っていた。

「新しいカメラ買ったから、それについて話したりしてた」

「そうなんですね」

「ていうか、お前もちょっとくらいライブ見てくれたらよかったのに」

「この本を読んでしまいたかったので」

紬は手にした本を上げてみせる。友朗は軽く肩を竦《すく》めて息をついた。

「お前って意外とドライなとこあるよね」

「そうですか？　……多分、この仕事のせいですかね」

紬達の仕事は他人の暗部《あんぶ》を覗《のぞ》きやすいという性質上、その都度、親身になっていたのではとてもではないが心身が保《も》たない。自分と他人の間に強固《きょうこ》な一線を引くことが大事だと、祖母にも教わった。

だが、それだけではない。

「それに……、画面越しよりも、こうして目の前にいる友朗さんと話したかったので」

紬はそう言って小さく笑った。すると彼はひどく驚《おどろ》いたような顔をした後、紬をまじまじと見つめてくる。何か変なことを言っただろうか。そう思った矢先《やさき》に、肩を押されてベッドの上に横たえられた。

「あっ」

そんな予感がなかったわけではない。友朗ももうやることを終えて、あとは寝るか何か好きなことをするだけだったからだ。

「お前、そんなあざといこと言って、どうなるかわかってるんだろうな？」

「あざといって何ですか！」

予想外のことを言われて思わず抗議《こうぎ》した。自分の素直な気持ちをそんなふうに受け取るだなんて。

「ああ、いや、わかってるよ。ごめん。でもこう…、俺がどうにもならんというか」

「……?」

彼の言っていることがよくわからない。紬が怪訝《けげん》な顔をしていると、彼は有無を言わせずに唇《くちびる》を重ねてきた。

「んう…っ」

なんだか誤魔化《ごまか》されてしまったような気がする。けれど重なった下半身から伝わってくる彼の情欲は紛《まぎ》れもなく本物で、紬は流されてあげてもいいかもしれない、と思った。それに、流されてやると言ったが、友朗に仕掛けられ、触れられてしまうと、紬は簡単に白旗《しろはた》をあげてしまう。ひどく堪《こら》え性《しょう》のない身体なのだった。

「ぁ……はっ」

くち、くち、と舌が絡《から》み合い、音を立てて吸《す》われる。巧《たく》みな彼の舌先に上顎《うわあご》の裏側を舐《な》められると、身体中がぞくぞくした。

「ふ、ん、ん……っ」

紬の下肢《かし》も衣服の中で隆起《りゅうき》してくる。それをちゃんとわかっている友朗は、自分の股間《こかん》を、ぐっと押しつけて刺激を与えてきた。

「んくぅう……っ」

腰の奥にもどかしい快楽《かいらく》が走る。紬は恍惚《こうこつ》と目を閉じ、自らの腰も揺らした。

「すげ…。もうこんなんなってるよ、俺ら」

「は、はあ…っ」

最初に彼に抱かれたのは、友朗が厄介《やっかい》な呪《のろ》いにかかっていたということと、自分の修行のために必要だったという理由だった。セックスの何たるかもわかっていなかった紬は、彼との行為による、あまりに苛烈《かれつ》な快楽に惑乱《わくらん》し、半ば溺《おぼ》れてしまった。そして情を交わした後は気持ちまで確かめ合って、今は一緒にいるようになった。そんな相手とのまぐわいが昂《たか》ぶらないはずがない。

尖《とが》った乳首に舌を這《は》わされ、あられもない声を上げた。敏感《びんかん》なそこを彼はいつも丁寧《ていねい》に責めてくる。

「あ、あっ、くぅ…んんっ」

「はー、可愛い…」

胸の突起《とっき》はさんざんに吸われ、ぷっくりと膨《ふく》らんだ。快感が脚の間にもダイレクトに響《ひび》いてくる。腰の奥も切なく疼《うず》いた。

「ここ虐《いじ》めると、こっちもビンビンに勃《た》っちゃうの、エロいな?」

「そ、んな…こと、言わなっ……」

恥ずかしいことを言わないで欲しい、と訴《うった》えるも、そうされると身体がますます熱くなってしまうのを止められない。

「お前、ほんとマゾっ気あるの可愛い」

「あ、んぁ、あああ…っ」

マゾじゃない。そう言いたいのに、身体がぐずぐずに熔《と》けていきそうだった。友朗はそんな紬の身体を抱え、体勢を入れ替える。紬は彼の上に跨《また》がってしまう格好《かっこう》になった。

「ん、あ…っ？」

「なあ、ひとつお願いしていい？」

「な、なに…？」

友朗が下から甘えるように見上げてくる。そんな彼の表情にどきどきしながらも、紬は彼の返事を待った。

「お前としてるとこ、動画撮っていい？」

「は……⁉」

その言葉に、思わず正気に返りそうになる。

「い、嫌だ、絶対嫌だ！」

彼から逃げようと身体を浮かすと、手を握《にぎ》りしめられて引き戻された。彼は動画配信者だ。その彼がカメラを回すとなれば、当然全国に、いや、全世界に配信されてしまうことになる。

「おいおい、勘違《かんちが》いするなって。配信なんかしやしねえよ。つうかできねえ。俺のチャンネルが一瞬で消える」

「え……？」

紬の考えていることがわかったのか、友朗は説明してくれた。そう言えば、前にそんなことを言われたような気がする。アカウントをＢＡＮされるとかなんとか。

「俺個人で楽しむ用。お前のエロくて可愛い姿を記録しておきたいの」

公開されないと聞いて紬はほっとした。だが、それでも恥ずかしいものは恥ずかしい。

「なあ、どうしてもダメか？」

「……」

「お願い！」

手を合わせてお願いされると、紬の心も挫《くじ》けてしまう。本当に彼はずるい。

「あんバターのスイーツめっちゃ買ってやる」

好物を差し出されて、紬の心はだいぶ傾《かたむ》いた。しばし考えて、そっぽを向きながら渋々《しぶしぶ》といった体《てい》で頷《うなず》いた。

「少しだけなら……」

「やった！」

友朗はガッツポーズを取る。紬に跨がられたままで。

「よーし、じゃ、自分で挿《い》れてみて」

友朗はさっそくカメラを手にし、スイッチを入れた。撮影中を表すランプがつく。それを見た瞬間、ひくり、と喉《のど》が動いた。

「……っ」

「挿れてみて」

友朗はもう一度同じことを言った。今度はゆっくりと。

「あ……」

それを耳にした時、紬は自分の身体がまた火照《ほて》り出すのを感じた。今、自分の恥ずかしい姿が撮影されている。燃えるような羞恥《しゅうち》に、ぎゅっと目を瞑《つむ》った。

そろそろと腰を上げ、手探りで友朗のものを探す。それはすぐに見つかった。勢いよく天を突く男根が紬の指先に触れる。

「ん……」

それに片方の手を添えながら、紬はその先端《せんたん》を自分の双丘の窄《すぼ》まりに導いた。後孔の入り口に押し当てると、ツン、とした快感が込み上げる。

「っ……、ん、あ……っ」

いつの間にか覚えた仕草で、挿入《そうにゅう》の瞬間には息を吐く。肉環をこじ開け、長大なものが押し這入《はい》ってきた。

「あ、ああっ……！」

ずぶずぶと音を立て、感じる粘膜《ねんまく》が拡げられていく。内壁を擦《こす》られると強烈《きょうれつ》な快感が生まれて身体を甘く痺《しび》れさせるのだ。開かれた内腿《うちもも》がぶるぶると震える。

「は、あ……っ」

「もうちょい奥まで挿れて」

「ん、あぁ…っ、む、無理…っ」

紬は必死で首を振った。すでにいっぱいに拡げられている肉洞は、きゅうきゅうとわなないて友朗を締めつけている。感じすぎて動けなくなっているのだ。これ以上奥に挿れてしまったら、どうなるかわからない。

「――しょうがねえなあ」

次の瞬間、ずん！　と衝撃《しょうげき》が脳天まで貫《つらぬ》いた。

「あ、あああああっ！」

友朗が下から突き上げてきたのだ、とわかった時は、紬はすでにはしたない嬌声《きょうせい》を上げていた。

「んあっ、ひ、あっ、あぁぁあ…んんっ」

そこからは、とめどなく声を漏《も》らしながら友朗の上で身悶《みもだ》える。一度奥まで貫かれてしまうと、今度は自分から腰を揺らすようになった。自分のいいところを彼の張り出した部分で抉《えぐ》っていくのがたまらない。

「あ、あっあっ、い…いぃ…っ」

恍惚とした表情を浮かべた紬は夢中で快楽を貪《むさぼ》っていった。何度も背を仰《の》け反《ぞ》らせ、上気した喉を晒《さら》す。ふと目を開けると、視界の中にこちらを狙《ねら》っているカメラが映った。その瞬間、紬は今どんな状況《じょうきょう》なのかを思い出し、また羞恥に身を灼《や》く。

「や、ぁ…っ、あっ、見ない、で…っ」

両腕で思わず自分の顔を隠《かく》した。

「隠さないで」

「で、でも…っ」

「ダメだって。ほら」

「んんあっ」

また下から強く突き上げられてしまい、紬は大きく仰け反った。奥を、ごりっと抉られて頭の中が白く染まる。不安定に揺れる身体が倒れてしまわないよう、両手は友朗の腹の上についた。

「いい画角」

「くう…っ」

もう限界が近かった。内奥はさっきから痙攣《けいれん》して、体内の友朗を強く締めつけている。そういえば、彼はどうなんだろうか。紬を犯《おか》すものはどくどくと脈《みゃく》打《う》っているけれども、冷静にカメラを回しているのだろうか。そんなことをふと思い、紬はもう一度目を開けて友朗を見下ろした。すると、息を荒《あら》げながらも必死でこちらを撮影する彼の様子が飛び込んでくる。その懸《けん》命《めい》さに、きゅううっ、と胸と腹が締めつけられた。熱い波が込み上げてくる。

「んあっ、あっ、あっあっ！　いっ…く、んあ――――…っ」

とびきり淫《みだ》らな声を上げて、紬は絶頂に達した。そして、それと同時に強く締めつけた彼のものも道連れにしてしまう。

「くっ…！」

内奥に彼の飛沫《しぶき》が叩《たた》きつけられた。それでもカメラを離さない友朗を目の当《まあ》たりにしながら、紬は彼のプロ根性《こんじょう》というものを実感し、果てるのだった。

心地よい気怠《けだる》さに包まれて目を覚ました。間接照明の柔《やわ》らかい光がぼんやりとあたりを照らしている。隣《となり》では友朗がベッドの上に起き上がり、ノートパソコンで何やら懸命に作業をしていた。

（こんな夜中まで作業しているのか。大変だな）

そう思い、紬は再び眠りの中に入ろうとした。だがその瞬間、はっと意識がクリアになる。視線がパソコンの画面に釘付《くぎづ》けになった。そこには、あられもない姿で腰を振っている紬を、下から写した姿があった。

「……友朗さん！」

「うわ！」

いきなり声をかけられて、友朗はびっくりして飛び上がり、パソコンを膝から落としそうになった。慌《あわ》てて手で受け止め、ほっと息をつく。

「あ〜、ヤバかった……。落とすところだった……」

彼はそうぼやいた後、すぐに紬の視線に気づき、恐《おそ》る恐《おそ》るこちらを見た。

「友朗さん」

「な、何だよ」

「何してるんですか」

「編集」

「アップしないって言ったじゃないですか！」

「しねえよ、もちろん！　しねえけど、こう、見る時にいい感じにしたいじゃねえか」

「は…？」

紬は呆気《あっけ》に取られる。

「見返すんですか、それ？」

「いや、そのために撮ったんだけど」

「ど、どうして……」

「たまにいない時あるだろ。俺もお前も」

二人は今、二重生活――紬の神社《じんじゃ》も入れれば三重生活だが――をしているのだが、そんな時に互いの仕事の関係で、少しの間離ればなれになってしまうことがある。

「そういう時の夜の友だよ」

「真剣《しんけん》な顔でそういうこと言わないでもらえますか」

「だって真剣だもん」

甘えたような口調で言う友朗に、それ以上怒れない。

「僕の前で絶対に見ないでくださいよ」

「わかった、わかった」

「だから、今編集するのもナシです」

「ええー？」

友朗は不服《ふふく》そうな顔をしたが、やがてパソコンの電源を落とし、紬の隣に潜《もぐ》り込んでくる。

恥ずかしい動画まで撮らせて、自分は本当に彼には甘いなあと紬は思う。けれど、なんだかんだと結局、紬の言うことを聞いてくれる彼も優しいと思う。

「明日、仕事終わったら約束のやつ買いに行こう」

「約束？」

「なんだ、いらねえのか？　あんバター」

「……いります」

まさか本当に約束を守ってくれるとは思わなかった。けれど、彼は一度も自分に対して言ったことを違《たが》えたことはなかったな、と思い返す。

普通の幸せは諦《あきら》める。この道に進もうとした時、覚悟していたことだった。

友朗は不思議《ふしぎ》な男だ。

神社の隠《かく》し巫女《みこ》として生きる覚悟をしていた紬を外に連れ出し、様々な世界を見せてくれる。

「……友朗さんの言うことは、少し調子がいいと思います」

「え、そうか？　けど、人生楽しんだほうがいいだろ？」

「そういうところですよ」

紬は呆れたように笑う。彼は少し憮然《ぶぜん》としていたが、やがて紬はそんな彼に言った。

「けど、友朗さんのそういうところ、僕は好きです」

友朗がびっくりしたような顔をする。そんな顔が見られたことが嬉《うれ》しくて、紬は彼の胸に顔を埋《うず》めた。

「マジまいるんだけど」

困ったような彼の声を聞きながら、これが普通の幸せというものなのかなと、紬は目を閉じた。

END

癪《しゃく》な横顔（雄《おす》の花園《はなぞの》番外編）

最初は、また世間知らずな奴がこの世界に来たと思ったものだった。それでも尊敬《そんけい》する前オーナーの息子だというから様子を見てやろうと思ったが、言うに事欠《ことか》いてホストが嫌いだとのたまいやがった。

隆弥《たかや》は公務員が前職だという今のオーナーを憤《いきどお》りと反発と、そして興味の混じった視線でねめつける。

「あんな奴の下で働くとか、ねえっすよ！」

「俺らでやめてやろうか」

「だよな。別にここやめても働く店なんていくらでもあるし」

案《あん》の定《じょう》、周りのホストが新オーナーの智祐《ちひろ》に対し、反旗《はんき》を翻《ひるがえ》すような言葉を口にし始める。

（よくねえな）

隆弥もまあ同意見ではあったが、ここで店が瓦解《がかい》するようなことがあれば、自分の目標も潰《つい》えてしまう。

隆弥の夢。それは、この『PRINCESS GANG』で前オーナーの打ち立てた売り上げ記録を更新《こうしん》することにあった。それには、この店が存続してもらわないことには始まらない。

それに。

（まあ、ちょっと癪《しゃく》だが、そそるよな）

新しいオーナーの智祐にはストイックな色気《いろけ》というものがあった。それから本人は気づいていないだろうが、どこか被虐性《ひぎゃくせい》がうっすらと漂《ただよ》ってくる。確かにホストという人種の中にはいないようなタイプだ。

「――――おいお前ら、そのへんにしとけ」

隆弥は思わず口に出していた。

「ちょっとは様子見てやろうぜ。それにここより優良店ってなかなかねえだろ。やめるのはそれからでも遅くないと思うぜ」

隆弥に窘《たしな》められ、同僚《どうりょう》のホスト達は戸惑《とまど》った様子だった。それでも、

「隆弥さんがそう言うなら……」

と、この店に留まる意を伝える。

（まあ、とは言っても、多少の嫌がらせはされるだろうな）

それらを乗り切ってもらわないと、こちらもついていくことはできない。

硬質な横顔を眺《なが》めながら、隆弥はお手並《てな》み拝見《はいけん》とばかりに、智祐の挙動《きょどう》を見守る態勢《たいせい》にはいるのだった。

END

18TH ANNIVERSARY

ラヴァーズ文庫18周年
おめでとうございます!

これからも楽しい誌面作りを
楽しみにしております。

末永く続いていくことを願っております!

西野 花

LOVERS COLLECTION

超現実主義者と花の巫女の蜜約 ラフ画特集

黒??
瀬戸
29
Utuber

つむぎ
20
デート。
さらさら。
猫っぽい。
黒??
巫女時

森林
青空
カバン持ってる。
Tシャツと
ジャケット
神社
竹ぼうき
椿
赤・白
ゆるく結う
椿

④
キッチン（白+黒）
トレーナー
+
アクセ
キャラララの私服
いちゃいちゃしているように見えるかなみ。
（紬より年上）
メニュー
マロンタルト・
紅茶
白・大きめリング
ピアス
ネックレス等々、
兄と似てる…かも。
背
ハートかドットのトーン。

5
まどり
夕方
シャツとボクサー
モニター
デコ
AVコーナー
勃
しぼり

8
シャワー
ラック
フック
勃
あわでかくす
あわあわ
バスタブ

行灯とふすま
⑦
ガラス障子
外・夜
キューッ
ふとん

雄の花園 ラフ画特集

口絵ラフ
貴宮は
手のみです

貴宮
智祐
たかや
まひろ

3

愛情表現は料理とおまえの身体で
秀香穂里
illustration 奈良千春

「ん……んっ、ふぁ……あぁ……っやだ……そこ……ばっかり……」

ひっきりなしに喘《あえ》ぐ桐生義晶《きりゅうよしあき》の身体を六本の手が這《は》う。この身体は自分のもののはずなのに、周りを取り囲む男たちによって細胞《さいぼう》まで変えられていくような錯覚《さっかく》に陥《おち》いる。

「やっぱ課長、乳首《ちくび》が感じちゃうんですね。さっきから声出っぱなしで可愛い」

右の乳首に吸《す》いついている後輩《こうはい》の叶野廉《かのうれん》が楽しげに言う。根元からこりこりとねじられて吸われると、ツキツキした痛みにも近い快感《かいかん》がこみ上げてじっとしていられない。

「確かに。桐生くんほど感じやすい乳首を持った男はほかにはいないね」

左の乳首を舐《ねぶ》り回しただけでは飽《あ》き足らず、ときおり噛《か》みついてくるのは上司の桑名守《くわなまもる》だ。舐《な》められるのも感じるが、噛み転がされるともっと激しい衝動《しょうどう》に振り回されてしまうと知ったのは、叶野と桑名に出会ってからだ。

「ま、その乳首を育てたのは俺だけどな」

ベッドの脇《わき》に置かれた椅子《いす》でふんぞり返るのは、桐生の同居人である坂本裕貴《さかもとゆうき》だ。傲然《ごうぜん》と足を組み、桐生の煙草《たばこ》を吸っている。

「結構きついの吸ってるんだな、桐生は。そろそろ煙草をやめないと、肩身が狭《せま》いだろう」

好き勝手なことを言うなと罵《ののし》りたい。

こんなにも感じやすい肉芽にされたのは、すべて坂本のせいだ。大学時代に出会った坂本は飛び抜けて頭がよく、卒業したらどこかのシンクタンクへ――教授《きょうじゅ》たちにもそう期待されていたが、彼の選んだ道は大人のおもちゃ、いわゆるラブグッズ開発だ。

精悍《せいかん》な容貌《ようぼう》にまばらな無精《ぶしょう》ひげが似合い、理知的な印象を際立《きわだ》たせる眼鏡《めがね》を押し上げる仕草《しぐさ》もわりと気に入っている。

正直なところ、気に入っているどころの話ではない。坂本は初恋の相手だ。大学在学中からなにかと強引に首を突っ込んでくる坂本は、卒業後にボストンバッグひとつで桐生のマンションに押しかけ、無理《むり》やり同居を決め込んだ。

呆《あき》れるほどマイペースな男の目的はただひとつだ。より素晴《すば》らしいラブグッズを開発するために、夜な夜な桐生を実験台にする。

坂本と出会うまでなにも知らなかった桐生は、男の感じる部位といえば下肢《かし》ぐらいのものだろうと思っていた。しかし、坂本は執拗《しつよう》に胸を弄《いじ》るばかりか、黒い吸盤《きゅうばん》を取り付けて、きゅうっと尖《とが》りを絞《しぼ》り上げ、胸筋《きょうきん》をいやらしく揉《も》み込んできた。

ジンジンするような疼《うず》きを覚え込まされた桐生は、昼間は中堅《ちゅうけん》の貿易《ぼうえき》会社に勤めるエリートサラリーマンとして辣腕《らつわん》を振るっていたが、家に帰ればすぐさま坂本に引き倒され、乳首や肉茎をいいようにまさぐられて、歯噛みしながら達した。

——一度でいいから、好きだと言ってくれれば受け入れるのに。

坂本にとってはいつまで経《た》っても感度のいい実験台なのかと思うと、やはり寂《さみ》しい。不毛な恋心を抱《いだ》いて十年経つが、坂本は相変わらず読めない男だ。

十一月の初旬《しょじゅん》、都会はだいぶ冷え込んできて、朝はふかふかの羽毛布団《うもうぶとん》から抜け出せない季節だ。夜、仕事を終えて家に戻ると、エプロンを着けた坂本が出迎《でむか》えてくれる。マンションに住まわせてやっている条件として、家事の一切合切《いっさいがっさい》はすべて彼に任せている。普通に結婚《けっこん》していたら、坂本は理想の夫になれただろう。

しかし、坂本が執心《しゅうしん》しているのはあくまでもラブグッズだ。感度のいい桐生にさまざまな器具を取り付けて試し、たまに大ヒットを生んで大金を摑《つか》んだかと思ったら、すぐに競馬《けいば》やパチスロに突っ込んで金を溶《と》かしてしまうクズだ。

そんな坂本が、『美味《うま》い料理を食わせてやるよ』と叶野と桐生を誘《さそ》い、すでに馴染《なじ》みとなっている桑名宅へと押しかけた。

クリスマスにはまだ早い。男四人で集まってなにをするというわけでもないが、土曜の午後から見知った顔でのんびりと酒を飲み交わすのは悪くない。

桐生にとって四つ下の叶野はよく動くいい部下だし、三十九歳になる桑名はいつまでも憧《あこが》れの存在だ。一年前だったらただそれまでの関係だったが、とある打ち上げの席で酒に酔《よ》った桐生がグラスを取り落としてワイシャツの前をぐっしょり濡《ぬ》らしたことで、胸の秘密がばれてしまった。あのとき、叶野と桑名にシャツの下を見られなければ――いまでも、信頼で固く結ばれる仕事仲間でいられたはずだ。

だけど、見られてしまった。もうあとには引き下がれない。

「なにか余計なことを考えてるな、桐生。余裕があるのか？」

「そんな……ってことは、ない……あ、あ、んんっ、かの……お……」

「だめですよ、先輩。俺らからよそ見しちゃ。ああでも、もう我慢《がまん》できないのかな？　もう挿《い》れてほしい？」

桑名宅は広い。ダイニングルームとリビングは続きになっており、電気式の暖炉《だんろ》を点《つ》け、床に敷いたラグに四人で円座になった。坂本が作ってくれたローストビーフをたらふく食い、ビールにワイン、日本酒と勧《すす》められるまま酒を飲んだのが悪かったのかもしれない。

気づけば身体はふらふらと左右に揺れ、「せーんぱい」と語尾の甘い叶野に肩を抱き寄せられたのが引き金になった。

そのまま手を引かれてベッドルームにもつれ込み、彼らに服を引き剝《は》がされ、熱い素肌をさらした途端《とたん》、叶野と桑名がむしゃぶりついてきた。

濃密《のうみつ》なキスを交わし、ひどく疼く肉芽をすりすりと擦《こす》られてピンと尖らされたら、桐生も声を止められなかった。

「普段、澄《す》ました顔のきみが僕たちに触れられるとたちまち蕩《とろ》けてしまう、その瞬間がたまらないんだよ。こんなに感じているのに、なおも屈《くっ》しようとはしない。その精神力は尊敬《そんけい》するよ。僕はもう、ほら」

ちゅぽっと乳首から顔を離した桑名が猛《たけ》ったものを桐生の頰《ほお》に擦り付けてくる。自然とくちびるが開き、押し込まれた太竿に舌を巻きつけた。

同じ男といえど、実際に味わってみると、叶野も、桑名もまったく違う。それに坂本も。

いま味わっている桑名のものは長くて硬く、喉《のど》の奥にまで届きそうだ。ときどき咳《せ》き込みそうになるのを堪《こら》えて、たどたどしくくびれを舌でなぞると、満足したような吐息が落ちてくる。

「だいぶ上手になったね。僕のものを咥《くわ》えているきみの顔は最高だ。苦しそうなのに、どこか陶然《とうぜん》ともしている。男に慣れきっていない証拠《しょうこ》に、舌遣《したづか》いがまだぎこちないのもいい。もっとあげるよ」

ぐっぐっと腰を進めてくる桑名のものが舌を擦り、蜜《みつ》を落としてくる。濃厚《のうこう》な蜜の味でも感じるようになった自分は変わってしまったのだろうか。

「課長のフェラ顔、最高。写真撮《と》りたいな。坂本さん、お願いできます？」

「任せとけ」

肉棒をぐっぽりと咥え込んでいる桐生の顔にスマートフォンを向けて、坂本が何度もシャッター音を鳴らす。

この痴態《ちたい》も、明日には彼らのグループトークに上げられるのだろう。

「俺、この顔だけでイけちゃいますよ。課長のイき顔が一番のオカズなんですよね。桑名部長、もっと課長の口をぐちゅぐちゅに犯《おか》してあげてください」

「ふふ、わかった」

笑った桑名が腰を引いたり押し込んできたりして、口内を犯し尽《つ》くす。その間にも叶野が身体の位置を変えて桐生の肉茎を頬張り、じゅうっと吸い上げる。

はち切れんばかりに硬くなっていたそこは二度、三度吸われるだけで達してしまいそうだ。だけど、ほんとうの快楽《かいらく》はそこではないことぐらい、桐生も痛いほどわかっている。

自分と同じ男にうしろを貫《つらぬ》かれなければ、ほんとうの意味で達することはできなくなってしまった。もちろん、肉竿《しご》を扱かれたり舐められたりすれば射精《しゃせい》するのだが、身体の最奥を突かれる快感といったら言葉にならない。

そういうふうに変えられたおのれの身体を呪《のろ》いながらも、叶野の愛撫《あいぶ》に声をかすれさせた。熱い舌が先端《せんたん》の割れ目をちろちろと這い、敏感《びんかん》な媚肉に触れてくる。

「いつか、課長の尿道も開発してあげたいなぁ……すっごく気持ちいいらしいですよ」

「そうなのか。たとえばどんなふうに？」

桐生の口に猛りを押し込んでくる桑名の声に、ふふっと叶野が笑う。

「男でも潮吹《しおふ》きするらしいです。ぴゅっぴゅって課長のここから吹き出るものを舐めたいなぁ……きっとすごく美味《おい》しいんでしょうね。ねえ坂本さん、なにかいいグッズ開発してくれませんか？」

「考えておく」

余裕たっぷりに坂本が答え、足を組み替える。

これ以上に変わってしまうのか。怖いと思いながらも、自分の知らない快感があるのならば、味わってみたいとすら頭の片隅《かたすみ》で考える。

乳首を開発されただけでも充分なのに。

「ああ、イきそうだ。……桐生くん、口の中に出していいかな」

「んっ、んん、ふ、ぁ、あっ」

「こっちもガチガチです。課長、俺の口にいっぱい出してください」

上と下を同時にふさがれ、身体中で熱が暴《あば》れ回る。狂《くる》おしいほどの快感に振り回され、桐生は息を荒らげながら身体をのけぞらせた。

「ん、ァ、ッ、ァ――あ、あ……！」

奥のほうからどくどくっと熱をほとばしらせ、叶野の口を白濁《はくだく》で満たす。頭の底が痺《しび》れるぐらいの快感に浸《ひた》っていると、「――ん」と桑名が声を上擦《うわず》らせ、たっぷりとした精液を放ってきた。桑名らしく濃い味のするそれを懸命《けんめい》に飲み下し、ぐったりと身体の力を抜く。

そこへやっと坂本がやってきて、汗《あせ》ばんだ桐生の額《ひたい》をタオルで拭《ぬぐ》ってくれた。

「今日もたくさん出したな。まだ乳首が尖ってる。男の味を知ったおまえは怖いもの知らずだ」

可笑《おか》しそうに肩を揺らす男を睨《にら》み据《す》え、「おまえ……」と呻《うめ》くものの、言葉が続かない。

坂本は今日も不埒《ふらち》な現場を最初から最後まで見守っていた。犯される自分の恥ずかしい場面を見て昂《たかぶ》り、自慰《じい》でもしてくれたら憤《いきどお》りも治まるのだが、坂本はどこ吹《ふ》く風で、桐生の身体を清める。

「風呂に入ってこい。その間に、俺とこいつらで美味いメシを作っておいてやるから」

「……さっき、食べた」

「いまのセックスで消化しただろ。ちゃんと食わないと次のラウンドに入れない。ほら、桑名さん、叶野、行くぞ」

「はーい。課長、大丈夫ですか？　ひとりでお風呂入れます？」

気遣ってくれるのはありがたいが、叶野や桑名と風呂までともにしたら、また燃え尽きてしまう。いまはそこまでの気力がないので、「大丈夫だ」と言って身体を起こした。

「じゃあ桐生くん、僕らはキッチンにいるからゆっくりお湯に浸《つ》かっておいで」

「……はい」

桑名も叶野も恐ろしくタフだ。ついさっきまで艶《なま》めかしい場面と向き合っていたのに、いまではすっきりした顔で、坂本から熱いタオルを受け取り、身体を拭《ふ》いている。

なにか言いたくてもまともな言葉にならない。諦《あきら》めて、桐生はよろけながらバスルームへと向かった。

のぼせそうになるまで湯に浸かって身体の隅々《すみずみ》まで泡立《あわだ》てたスポンジで擦り、髪も洗ったら、だいぶ気分が持ち直した。桑名は風呂好きらしく、いい香りのするバスオイルやバスソルトがサニタリールームにたくさん並んでいた。その中からセージのバスソルトを選んで湯に溶《と》かし、肩まで浸かって手足を存分に伸ばした。

まだ手足に力が入らないが、それでも先ほどよりは回復した。濡《ぬ》れた身体でバスルームを出ると、ふわふわのバスタオルとルームウェア、それに新品の下着が洗面台に置かれている。桑名が用意してくれたのだろう。ありがたく拝借《はいしゃく》し、ドライヤーで髪を乾《かわ》かしてリビングに戻ると、なにやらいい香りがする。

「お、来たか」

キッチンに立つ坂本の隣には桑名や叶野もいる。一様に色違いのルームウェアを身に着けていて、なんだか可笑しい。

「これ、桑名部長が用意してくださったんですか。色違いのおそろいなんですね」

「このブランドのウェアが僕はとても気に入っていてね。きみたちにも着てほしかったんだ。ぜひ持ち帰ってくれ」

「うわ、ありがとうございます」

叶野がにこにこしながらフライパンを振る。その慣れた手つきから見ても、坂本に負けず劣《おと》らず、料理上手なようだ。

「三人で一緒に料理してるんですか？」

「いや、それぞれ違う料理を作ってる。おまえにスタミナをつけてもらわなきゃなって話になって、だったら誰が一番、桐生の気に入る料理を作れるか競争することになった」

「へえ……桑名部長も料理上手なんですか」

桐生の言葉に、桑名が堂々と胸をそらす。

「長年独身を貫いてるわけじゃないんだよ。絶対に僕がきみの舌を満足させてあげる」

「あ、それを言うなら俺だって。課長への愛をたっぷり込めるので待っててくださいね」

「よそ見してると焦《こ》げるぞ、叶野」

「おっと、あっぶな」

三者三様、広いキッチンでこまごまと動いている風景に笑みを漏《も》らし、冷蔵庫からミネラルウォーターのペットボトルを取り出してテーブルに着いた。

「すみません、私だけのんびりして」

「気にするな。おまえにはまたあとで存分に動いてもらう」

「動いてもらう……？」

「気にするな」

坂本がちいさく笑いながらコンロにかけた鍋《なべ》の蓋《ふた》を取り、中をかき混ぜている。スパイシーないい香りが漂《ただよ》ってくると、現金にも腹がぐうっと鳴る。

「お腹空《す》いた……」

水だけでは腹がふくれない。テーブルに突《つ》っ伏《ぷ》すと、「できました！」と叶野の元気な声が響《ひび》いた。

「さあさあ課長、食事の時間ですよ。まずは一番手の俺から。課長への愛情を込めた熱々チャーハンです」

コトリと目の前に置かれた白い皿には、湯気の立つチャーハンが盛られている。すかさずれんげを渡されたのでひと口食べ、思わず唸《うな》った。

「美味しい……」

「でしょ、でしょ？」

しっとりしていながらも米粒《こめつぶ》はぱらぱらしていて、ほうれん草やたまごとよく混ざり合っている。あまりの美味しさに半分ほど一気にかき込んだところへ、「できたよ」と桑名の声がかかった。憧れの部長の手作り料理とはどんなものか。胸を高鳴らせながら待っていると、横に長い皿が置かれた。

「……たまご焼き？」

「そうだよ」

桑名は、それがなにか、という顔をしている。黄色の艶々《つやつや》したたまご焼きは分厚く、六等分にされている。もっと手の込んだメニューかと勝手に期待したが、たまご焼きだって充分立派な料理だ。物は試しと箸《はし》をつけてみると、口の中でふんわり溶ける。

「ん、これも美味しいです。部長、たまご焼きの天才ですね」

「ちょっとした焦げ目が美味しいんだよね。幼い頃からこれだけは頑張って作ってきたから自信があるよ」

「味は……白だしで調《ととの》えているんですね。ふわふわしていてすごく美味しいです。叶野のチャーハンともよく合う」

「それはよかった」

叶野、桑名がほっとしているところへ、坂本が無言で皿を置く。

「カレー？　料理上手なおまえが、カレー？」

「四の五の言わずに食べてみろ」

首をひねりながらひと口食べてみて、真顔になった。いままでに数えきれないほど坂本の手料理を食べてきたが、今日のカレーはひと味違う。市販のルウではなく、スパイスやカレー粉を使ったようだ。爽《さわ》やかな辛《から》みは後を引き、いくらでも食べられそうだ。氷がぎっしり入った水を渡され、ごくごくと飲む。

「……はぁ、美味しかった」

テーブルに載った料理をすべて平らげ、腹をさする。思っていた以上に腹が空いていたようだ。わかりやすいメニューながら、みんなそれぞれ個性が出ていたのもよかった。

とりとめのない雑談に耽《ふけ》り、腹がこなれた頃を見計らって、坂本が言う。

「さあ桐生、誰の料理が一番美味しかったんだ？　一等賞になった奴にはとびきりのご褒美《ほうび》があるぞ」

その言葉に桑名も叶野もわくわくした顔を向けてくる。腕組みして考えた。どれも甲乙《こうおつ》つけがたい。凝《こ》ったメニューはひとつも出てこなかったけれど、逆に言えば毎週一度は出してもらっても飽《あ》きない味だ。

「……決められない。みんなそれぞれよかった。全員が一位です」

「ハッ、そういうことを言うからおまえはつけ込まれるんだよ、桐生。おまえはまだまだ甘いな。ここで誰かひとりに決めておけば、おまえも大変な思いをしないですむのに」

「だってほんとうのことだ。桑名部長のたまご焼きはなんだか懐《なつ》かしい味がしたし、叶野のチャーハンもぱらぱらしていてほんとうに美味しかった。おまえのカレーもな」

「ふぅん……」

叶野が意味深に笑い、かたわらに立つ桑名を見やる。

「ですって、部長。どうします？」

「僕らは桐生くんに生涯《しょうがい》恋する立場だからね。意思は尊重しないと。そうだろう、坂本くん」

「まあ、そう言われたらそうか。――桐生、行くぞ」

「え、え、どこに」

「ベッドだ」

腕を取られてぐいぐい引っ張られ、すこし前までいたベッドルームに逆戻りだ。薄ぼんやりしたナイトランプだけ点けられた部屋の中、問答無用《もんどうむよう》で服を脱《ぬ》がされた。

「ま、待て！　さっきしたばかりだろ！」

「俺はなにもしてないぞ。見てただけだ。そうだろ、桑名さん、叶野」

「だね。坂本くんは僕らのセックスを撮影《さつえい》していただけだ。今日はまだ一度も桐生くんを味わっていない」

「ここで坂本さんをハブにしたら俺たちの仲もギクシャクしますしね。課長だって坂本さんに抱かれたいでしょう？　そもそも、さっきの料理のご褒美は課長ですし」

笑いかけてくる部下を殴《なぐ》ってやりたい。だけど反論を口にする前に組み敷かれ、さらさらした素肌に熱いくちづけがいくつも落とされる。一瞬は鎮《しず》まっていた欲情が再びぶり返し、身体中うずうずしてきた。

「……っだめ、だ……さっき、した……っあ、あっ……ん……」

坂本の長い指で乳首を捏《こ》ねられると、たちまち身体に火が点く。意識も煮《に》えたぎり、もっと強く、もっといやらしく触ってほしいと思ってしまう。

今度は叶野が太竿をあらわにして桐生の口を満たし、桑名が両腿《りょうもも》を大きく開いて身体を割り込ませてきた。きつく締まる窄《すぼ》まりに熱い舌をあてがい、じゅるりとすすり込まれる。たっぷりした唾液《だえき》で濡らされたそこは熱心な愛撫でだんだんと解《ほど》け、男をほしがった。指が中に挿《はい》り込んできて感じやすい上壁をしっとりと擦っては出ていく。指が二本、三本と増やされていくうちに、抜かれる瞬間がせつない。

「ン──あッ、あ、もぉ、……っだめ……だ……っ」

「いい子だ。僕をあげるよ」

「……あ、ッ！　あぁっ、くわな、部長……！」

ずんっと突き込んできた硬い剛直に上擦った声を漏らし、無意識のうちに腰を揺《ゆ》らめかした。最初からぐりぐりと最奥を擦られる心地《ここち》よさに呻き、意識がたぎっていく。このときを待っていた。充分に熱くされた身体をもみくちゃにされるのがたまらなくいい。ずっちゅずっちゅと淫《みだ》らな音を立てながら、出し挿れする逞《たくま》しい雄心を媚肉が絡め取り、舐め尽くしていく。それが桑名にもよかったのだろう。低く呻きながら、ずくずくと突き込んでくる。

「いい、な……何度しても初めてするような気持ちよさだよ。きみの中が熱く蕩《とろ》けて僕に絡みついてくる。犯しがいがあるよ」

「あ……あぁ……奥、突いて、……いい……もっと……あぁ……っ」

「いいよ、僕の──僕らの全部をきみにあげる」

腰をいやらしく遣う桑名に抱きつきたいけれど、叶野が乳首を甘やかに、ずるく吸っていて敵《かな》わない。急速に昂ぶっていく意識の中、三人の名前を呼んだ。

「あぁ……イきそうだ。中に出してほしいかい？」

「ん、っ、ん、ぅ……いい、です……中、に……あぁっ、だめだ……イく、イく……！」

蕩けた意識で身体をしならせれば、一層《いっそう》激しく奥を突いてくる桑名が歯を食いしばる。ずんっと深く貫かれた瞬間に快感が弾《はじ》け、とろっとした精液を放ちながら極みに達した。桑名もどくどくと注《そそ》ぎ込んできて、中がねっとりと潤《うる》む。息を切らしながら桑名がずるりと引き抜き、いままで硬いもので埋め尽くされていた秘所がいやらしくひくついてしまう。

「今度は俺の番。課長、ぶっといのでガツガツ犯されたいでしょ？」

舌なめずりする叶野の若さには永遠に勝てそうもない。

「じゃ、俺は最後のお楽しみだな」

悠然《ゆうぜん》と笑う坂本が視線を絡めてきて、楽しげにウインクする。

「坂本……部長、叶野……っ」

そのかすれた声を聞き届けた坂本が不敵《ふてき》に笑い、くちびるをふさいでくる。強引に見えて、どこかやさしさも感じられるキス。

容姿も性格も異なった男たちに共通するのは、桐生を求める愛の深さだ。

END

18TH ANNIVERSARY

ラヴァーズ文庫18周年
ほんとうにおめでとうございます！

今年も「発育乳首」の番外編を
書かせていただけて、
とっても楽しかったです。
これからも、えっちな作品を一緒に
出していきましょう！

秀 香穂里

LOVERS COLLECTION

発育乳首～白蜜管理～ ラフ画特集

スマホ くわなぶちょー
SM風おもちゃ
部長足4
ラブソファに2。
スマホ
スマホ 録音中
叶
叶 足4う
3人分のカギ
貞操帯 OPEN
坂本 メイン
攻め 黒っぽバスローブ

ミニペーパー
セーター
タイ
乳首ノート
片方は吸盤残したま
ボールペン
金属メジャー
桐
仕事帰りのスーツ・コートも着ている
ソファ・クッション

部屋×桐生
うしろ
青空の港
ばら×1
フォーマルスーツ
手袋あり。

①
女の子まわりふわふわ
桑名
叶野
桐生
右手薬指にステーディリング
モニタ
ファイル
デスク

④
前髪少～し上げてる
上機嫌。
モブ数人（カップル）。
奥はフードコーナー
BISTRO
ストールはここ
ホットココア
ガラスに水平線＋青空うつる。

5
シャワー後
♡
GROUP PHO
REC
外
たぶん夜に
買ったクッション
部
一服中。
スマホ

6
帽子ロゴ
キラキラ
ベスト・タイ有
まもる
マニキュア(黒)してる。
ややヒール。

⑦
まど外
夜景
部長
手にぎる

まど外
夜
⑧
メガネ取る

甘えたい男
ぱちゅ
ぱちゅ
ぱちゃん
部長ら
なんかやばいっす俺
やりすぎてトイレ行きたくなってきたかもぉ
かわりに課長のおっぱい可愛がってあげてくれます?
自由と若さ
ぱこ
ぱこ
ぱこらん!!
今すげえ閃いちゃったわ!!
今すぐデータにまとめないと
桑名さんあとは頼んだ
変人
……しょうがないね 2人とも
よしよし今あげるから落ち着いて桐生君
年長十この中では割と常識人なので
損な役まわりも少なくない桑名部長
本当は素面で恥ずかしがる彼を組み敷くのが好きなんだけどなぁ…
君がよしよししてくれた方が治るかも
ぶ、部長? どうかしました?
眉間のシワもすごいことになってますけど…
ちょっぴり疲れてしまってね
そうかな?
熱は? おくすりとか出した方が?
いいやそれより…
!?
ほんとに治りました

暗闇でキス
いおかいつき
ブラックアウト
illustration 國沢 智

暗闇《くらやみ》でキス（リロードシリーズ）

「これ、どこに置いたらいい？」

一馬《かずま》は箱買いした缶《かん》ビールを抱えたまま、前にいる神宮《じんぐう》に問いかける。仕事帰り、一緒に神宮のマンションに帰ってきたところだった。

この部屋の冷蔵庫には常に缶ビールが入っていて、いつも一馬の喉《のど》を潤《うるお》してくれていたのだが、ストック場所など考えたこともなかった。今日はたまたま二人とも早く仕事が終わったから、ビールをケースで買って帰ろうとなったのだ。いつもはネット注文しているそうだが、荷物持ちの一馬がいるならと神宮がスーパーに寄り道した。

勝手に荷物持ちを担当させられても、一馬に異論《いろん》はない。家主より飲んでいる自覚があるからだ。神宮に言われる前に車からビールの箱を降ろし、自ら進んでこの部屋まで運んできた。

「ここだ」

一馬の問いかけに答え、神宮が玄関からすぐの扉《とびら》を開いた。トイレットペーパーなども入っていることから、ストック品を収納《しゅうのう》する場所のようだ。

一馬は同じ缶ビールの箱の隣に、手にしていた箱を並べた。その瞬間、何の前触れもなく、部屋の照明が落ちた。室内が一瞬で暗闇《くらやみ》に包まれる。

「停電《ていでん》か？」

動じることなく、一馬は近くに感じる神宮の気配に声をかける。

「おそらくな。外の様子を見てくる」

答えた神宮は玄関ドアではなく、室内の窓《まど》のほうへと向かっていた。

さして広くもないし、なんなら自分の部屋よりも馴染《なじ》みがあるくらいだ。何も見えないながらも、一馬が神宮の後を追うのは容易《ようい》だった。

シャッとカーテンを開く音がした後、うっすらと部屋に明かりが差し込んだ。

柔《やわ》らかな月明かりが、神宮の姿を浮かび上がらせる。神宮は窓際《まどぎわ》に立ち、外を眺《なが》めている。斜《なな》め後ろに立つ一馬からは、その整った横顔が少ししか見えない。それが気に入らず、一馬は神宮の隣に並んだ。

「他も同じか」

一馬も窓越しに外を眺める。向かいのマンションのどの窓にも明かりはなく、眼下に広がるのは東京ではあり得ないほど真っ暗な光景だった。

「だが、この辺り一帯だけだ」

そう言った神宮は顔をまっすぐ前に向けている。一馬よりも遠くを見ているようだ。それに合わせるように視線をやれば、明明としたいつもの東京の夜景が広がっている。神宮が言うように、停電になったのはこの辺りだけで間違いなさそうだ。

「落雷《らくらい》もなかったし、何かのトラブルだろうが、この辺りだけなら、復旧は早そうだ」

神宮の言葉に一馬も頷《うなず》いて同意する。これが真夏の猛暑《もうしょ》の時期なら、エアコンが効かないことに顔を顰《しか》め、文句の一つも言ったかもしれない。だが、今は十一月だ。暑くも寒くもないから、余計に冷静でいられた。

「停電の間は冷蔵庫を開けないほうがよかったんだよな?」

「冷気が逃げるからな。開けないでいれば、中のものが冷やされた状態《じょうたい》が続く」

「なら、ビールはしばしお預《あず》けだ」

一馬は肩を竦《すく》め、もう外を見る必要もないと体の向きを室内に変えようとした。その拍子《ひょうし》に神宮の肩とぶつかる。

ただ肩と肩が触れ合っただけだ。だが、体温を感じれば、その先を求めるのは必然だ。神宮も同じ思いだったのか、一馬に顔を向けた。

「暗闇ですることって一つだよな」

向き合った状態で、一馬は神宮の腰に手を回し、自らに引き寄せる。

「一つではないだろう」

呆《あき》れたように言いつつも、神宮が一馬を払《はら》いのけることはない。それに気を良くして、一馬はニヤリと笑ってみせる。

「でも、したいだろ?」

決めつけたような問いかけに、神宮は言葉で答える代わりに、ただ口元を緩《ゆる》めた。

笑みを浮かべた二人の顔が近づいていく。

二人を照らすのは月明かりだけ。至近距離の二人は互いの顔が見て取れるが、外からでは、二人が誰かどころか、男か女かもわからないだろう。それが二人を大胆《だいたん》にさせた。

外の様子を見るために開けたカーテンをそのままに、唇《くちびる》を重ね合わせる。

神宮の薄い唇は見た目から想像するよりも遙《はる》かに柔らかい。そのことは誰よりも一馬が一番よく知っている。なのに何度経験しても、新鮮《しんせん》さと驚《おどろ》きで胸が昂《たかぶ》り、体が熱くなる。

もっと味わいたいと唇を強く押しつければ、神宮が背中に回した手に力を込める。深い口づけを欲する気持ちは、二人とも同じだった。唇を舌で押し開き、強引に中へと進める。神宮に拒《こば》む気持ちがないからこそ、一馬の舌は簡単に神宮の口中を犯《おか》す。

キスだけでイかせたいと、一馬は神宮の口中をあますところなく刺激していく。上顎《うわあご》を歯列を、舌先でなぞり、時折《ときおり》、舌と舌を絡《から》ませる。唇の端《はし》からは激しいキスに堪《こら》えきれない唾液《だえき》が溢《あふ》れていた。

だが、愛撫《あいぶ》しているのは一馬だけではなかった。一馬がキスで神宮を昂らせている間、神宮の手は一馬の双丘をまさぐっていた。揉《も》み心地《ごこち》など良くなさそうな硬い尻《しり》を神宮は手で撫《な》で回しては、揉みしだく。

尻を揉まれても、マッサージを受けているような気分になるだけで、興奮《こうふん》はない。相手を昂らせるという意味では、一馬が圧倒的に優位だった。先に神宮をイかせたいと、首の後ろに手を回し、より深くむさぼれるよう顔の角度を変えようとした。

ブッ、と微《かす》かにだが聞こえた無機質な音。それが一馬の手をカーテンへと伸ばさせた。

一馬がカーテンを閉めると同時に、室内に明るさが戻った。さっきの音は停電が復旧して室内の照明や家電に電気が通る音だったのだろう。

行為を人に見せつける趣味はない。だから、咄嗟《とっさ》にカーテンを引いた。一馬の際だった反射《はんしゃ》神経《しんけい》があってこそ、できたことだ。

一馬はそのまま続けるつもりだったが、神宮が一馬の肩を押し返し、顔を離す。

「予想どおり、すぐについたな」

さっきまでのキスで確実に興奮していたはずなのに、それを微塵《みじん》も感じさせない声音《こわね》だ。一馬は舌打ちしそうになる気持ちを堪え、

「たいしたことがなくてよかった」

刑事《けいじ》の顔で答えた。停電が長引けば、市民の生活に混乱が生じてくる。担当部署《たんとうぶしょ》ではなくても、警察官《けいさつかん》として、その対処《たいしょ》に駆《か》り出されることもあるかもしれなかった。

「それで、これはなんだ？」

神宮の冷静な声が、一馬の手の動きを指摘《してき》する。部屋が明るくなってからも、一馬の手は神宮の首筋《くびすじ》を撫でるのをやめていなかった。

「これは暗闇ですることだったんじゃないのか？」

「明るいところでしないとは言ってない」

嘯《うそぶ》く一馬に、神宮は呆れたように溜息《ためいき》を吐《つ》く。

「あんなの、ただの口実だってわかってんだろ?」

明るかろうが暗かろうが、神宮に触れたい気持ちは常にある。だから、些細《ささい》な口実にかこつけて触れただけだ。明るくなったからといって、その手を止める理由にはならない。

「そういう口実だけは、よく思いつくもんだ」

「いじらしい男心だ。感動するだろ?」

そう言って、神宮の顔を覗《のぞ》き込むと、フンと鼻先で笑われた。

「感動はしないが、理解はした。お前が常に盛ってるってことをな」

「ああ?」

聞き捨てならないと、一馬は神宮の体を抱き寄せ、互《たが》いの股間《こかん》を密着《みっちゃく》させた。そこからは僅《わず》かながらも昂りが感じられる。

「俺だけじゃないよな?」

「尻を撫でられただけで興奮してるお前よりはマシだ」

神宮の指摘は、神宮以上に主張している一馬の股間だ。押しつけているから、当然、神宮にも伝わっていた。

「ケツのせいじゃねえよ。このシチュエーションだってての」

一馬はカーテンを閉めたままの窓に顔を向ける。

神宮のマンションは遮音性《しゃおんせい》が高い。普段は外の物音も気にならないが、さすがにこれだけ窓に近づいていれば、微かながらも外の音が聞こえてくる。

カーテンの向こう、窓の下には、停電から復旧して明るくなった街がある。車の走る音だけでなく、人の声まで聞こえてくる。見せつける趣味はなくても、気づかれてはいけないというスリルが余計に一馬を興奮させていた。

お互いの股間に手を伸ばしたのは、どちらが先だったのか。おそらくほぼ同時だったはずだ。ベルトを外《はず》す音、ファスナーを下ろす音、それらが二人分混ざり合う。支えのなくなったスラックスが二人とも足下までずり落ちて、随分《ずいぶん》と情けない格好《かっこう》になっているが、それにも構わず、下着をずらし、互いの中心を引き出し合った。

一馬は躊躇《ためら》いなく、神宮のものに指を絡ませた。もちろん神宮も一馬に手を伸ばす。先にイきたくないという気持ちもあるが、それ以上にただ神宮を感じさせたかった。せっかく部屋が明るくなったのだ。快感《かいかん》で顔を上気させる神宮が見たかった。

神宮が何を考え、一馬を扱《しご》いているのかわからないが、二人とも夢中になっているのは確かだ。ただひたすら互いを昂らせていく。手の中のものは完全に形を変えていた。

「河東《かわとう》……」

一馬がもっともエロいと思う顔で、神宮が名前を呼ぶ。それだけで充分だった。一馬が暴発《ぼうはつ》し、その拍子に神宮を強く握《にぎ》ってしまう。先に達したのは一馬だが、神宮もさほど遅れず射精《しゃせい》した。

「しまったな。ビールを補充しておくんだった」

「今言うことかよ」

「冷蔵庫には三本しか入ってないぞ。それだとお前は一本しか飲めないが、いいのか？」

「よくないな」

神宮の言い分に文句はない。金を出した神宮を優先させるのは当然だ。

「仕方ないな」

一馬は軽く肩をすくめると、足から抜けたスラックスをそのままに、下着だけ引き上げ、キッチンに向かった。

ソファの前を通り過ぎようとしたときだ。不意に背後から腕が伸びてきた。しかもそれと同時に体の前でベルトが締まる。

完全に油断していた。腕ごと縛《しば》られては振り解《ほど》くこともできない。しかも神宮は背後にいるから蹴飛《けと》ばすことも不可能だった。

「ビールが美味《うま》くなるよう、もっと汗《あせ》をかこうか？」

神宮が耳元で囁《ささや》く。その言葉どおりに、さんざん汗をかかされ、冷えたビールを一馬が三本とも飲み干《ほ》すのは、この後の話。

END

ブラックアウト（飴《あめ》と鞭《むち》も恋《こい》のうちシリーズ）

本庁《ほんちょう》を出たときには、既《すで》に日付は変わっていた。捜査《そうさ》が長引いたせいだが、深夜まで走り回ったおかげで、どうにか容疑者《ようぎしゃ》の身柄《みがら》は確保できた。そうなると気持ちは軽くなる。気づけば、明日も朝から仕事だというのに、若宮《わかみや》と望月《もちづき》を自宅まで連れてきてしまっていた。

二人が部屋に来ると、どうしても体の触れ合いが避《さ》けられない。男同士の秘密の関係で、外では上司と部下として過ごさなければならない反動だろう。人目のない密室に入ると、二人は隙あらば佐久良《さくら》に触れようとしてくる。そして、それを止める術《すべ》を佐久良は持っていなかった。

「何飲みます？」

部屋に着いてすぐキッチンに向かった若宮が、佐久良に問いかける。

「まずはビールじゃないか？　軽く打ち上げしよう」

いつもは捜査が終われば、担当していた刑事《けいじ》たちで打ち上げをするのだが、今日はもう終わるのが遅すぎた。それにまだ明日も証拠《しょうこ》固めが残っていて、打ち上げは後日にと決めたのだが、三人で労《ねぎら》い合うのもいいだろうと、佐久良は提案する。

「いいですね」

望月も笑顔で同意して、若宮に至ってはもう冷蔵庫を開けていた。

「俺、天才。ちゃんとビールを冷やしてたよ」

若宮はそう言ってから、取り出した缶ビールを三本、両手で持ってリビングへと戻ってきた。ちゃんと望月の分まで用意するのは、揉《も》めたくないからではなく、揉める時間がもったいないし、三人揃《そろ》わないと、佐久良がビールに口をつけないのも知っているからだろう。

缶ビールをローテーブルに並べた若宮が、ソファに座って待っていた佐久良の隣に腰を下ろそうと、足を踏み出したときだった。

部屋中の照明が一斉《いっせい》に消え、室内は突然の暗闇《くらやみ》に襲《おそ》われた。リビングだけでなく、キッチンも真っ暗で、光はどこにもなかった。

「停電《ていでん》？」

驚《おどろ》いた若宮の声が近くで聞こえる。

「ブレーカーかもしれないな」

佐久良はそう答えて、リビングからブレーカーのある玄関先へと向かった。

暗闇でも何年も暮らしている自分の部屋だ。間取りは体が覚えている。どこにもぶつかることなく、玄関へと辿《たど》り着いたが、先に必要なのは懐中電灯《かいちゅうでんとう》だ。それがなければ、ブレーカーを確認することもできない。

懐中電灯はどこに置いただろうか。佐久良は記憶を辿り始めて、すぐに思い出した。懐中電灯のありかだけでなく、何故《なぜ》、停電になったのかもだ。

マンション内の設備の点検のため、計画停電をすると一ヶ月前に通知が来ていた。生活に支《し》障《しょう》を来さないよう、深夜の時間帯に行うとのことだった。まさにそれが今日この時刻《じこく》だ。

この時間帯は大抵は寝ている。もし、今日のように帰宅が遅くなるようなら、風呂に入る時間は気をつけようと思っていたのに、日々の忙《いそが》しさですっかり忘れてしまっていた。

停電に備え、懐中電灯は取りやすい場所に置き換えてあった。佐久良は苦笑しつつもそれを手に取り、早く二人に原因を伝えようとリビングに足を向けた。

懐中電灯をすぐに点《つ》けなかったことに理由はない。リビングまでの道のりに迷《まよ》いがなかったからだ。だが、その結果、佐久良は思いがけないものを目にすることになった。

リビングへの扉《とびら》を開けてから懐中電灯のスイッチを入れた佐久良が見たのは、ソファに座って抱き合っている二人の姿だ。

円形に広がる光の中で、二人は初めて互いの顔を見たのだろう。途端《とたん》に嫌悪《けんお》の表情を浮かべ、弾《はじ》かれたように飛び離れた。

「なんでお前?」

「それはこっちの台詞《せりふ》ですよ」

若宮と望月は相手が悪いのだと文句を言い合っている。その様子に佐久良は気づいた。

「もしかして、二人とも俺と間違えたのか?」

呆《あき》れたように言うと、二人は気まずそうな顔になる。

「いや、だって、さっきまでここに座ってましたよね?」

「そうですよ。だから、俺は隣に座って……」

「その座った望月を、若宮が俺だと思ったんだな。そして、望月は近くにいたから若宮が俺だと思ったわけだ」

二人の勘違《かんちが》いがおかしくて、佐久良は笑いを堪《こら》えきれない。

「笑いごとじゃないって」

笑い出した佐久良に、若宮が拗《す》ねたように唇《くちびる》を尖《とが》らせる。

「声を聞いたらわかるだろう」

「声を出したらバレるじゃないですか」

望月の言葉に若宮も頷《うなず》いている。こういうときだけ気の合う二人は、それゆえに同じ行動を取り、気づけなかったようだ。

「それなら感触でわからないか？」

「気づかれないよう、気を張ってたし……」

「今はみんなスーツなので、感触は同じですし……」

二人は佐久良ではないとわからなかったことに、気まずそうに言い訳する。

「どうしてそこまで気づかれないようにするんだ。今更《いまさら》だろう？」

佐久良は呆れて言った。三人で付き合っているというこの関係は、他人には言えなくても、三人にとっては共通の秘密だ。隠《かく》す必要などない。

「俺だけが触っていたかったんです」

「独《ひと》り占《じ》めできるチャンスなんてそうそうないんだから」

二人の言い分も理解できる部分はある。三人で付き合うようになってから、どちらかとだけ一緒にいる時間はほとんどなかった。だが、それは若宮と望月が互いに牽制《けんせい》し合っているからで、いわば自業自得《じごうじとく》だ。

それがおかしくて佐久良はまた笑ってしまう。そうすると持っている懐中電灯も揺《ゆ》れ、室内で唯一《ゆいいつ》の灯りが揺らめいた。

停電はまだしばらく復旧しない。作業時間は三時間の予定だ。それまではこの灯りだけが頼りで、佐久良はどこに置けば効率的に部屋を照らせるか、視線を巡《めぐ》らせた。だから、その間、二人から目を離してしまった。

不意に腕を取られ、強く引っ張られてバランスが崩《くず》れる。よろめいた佐久良は腕を引かれるまま、若宮の膝《ひざ》に座らされた。

「おい」

佐久良は振り返って若宮に抗議《こうぎ》の声を上げる。

急に引っ張られたせいで、懐中電灯は落ちてしまった。そのせいで、若宮の表情がはっきりと見て取れない。

若宮がソファに座っていて、その上に佐久良がいることはわかるが、それだけだ。

「壊《こわ》れなくてよかったですね」

望月の言葉の後、佐久良の顔に光が当てられ、その眩《まぶ》しさに目を細める。

「眩しいなら、こっち向いて」

耳元で若宮が囁《ささや》く。その声に促《うなが》され、佐久良が再び振り返ると、待ちかねたように唇を奪《うば》われた。佐久良は首を回しただけで、若宮が顔を動かし、唇を合わせる。

若宮は口中を舌で愛撫《あいぶ》するだけでなく、背後に回した手で首筋《くびすじ》や腰を撫《な》で回し、佐久良の官《かん》能《のう》を高めていく。

いつの間にか、今が停電中だということも、ライトで照らされていたことも忘れてしまった。体が昂《たかぶ》るほどに、若宮のキスに夢中だった。

「そろそろ俺も参加させてください」

望月に声をかけられ、佐久良の意識が逸《そ》れる。体だけでなく顔も若宮が離してくれないから、口づけたままの状態《じょうたい》で視線だけを望月に向けた。

「……っ……」

灯りが自分たちだけを照らしているという現状を思い知らされ、佐久良の体が強《こわ》ばる。

「何？　恥ずかしい？」

佐久良の変化に気づいた若宮が、顔を離して問いかける。だが、佐久良が答える前に、若宮は答えを得たようだ。

「いいね。俺たち、スポットライトを浴びてるじゃん」

若宮は楽しげに言うが、佐久良はとてもそんなふうには楽しめない。見れば、懐中電灯は対面にあるソファの背もたれ上に設置され、佐久良たちを照らしていた。

さっきのように眩しいほどではないが、暗闇の中、若宮に愛撫される自身の姿が浮かび上がっているような状況《じょうきょう》だ。佐久良は羞恥《しゅうち》を感じずにはいられなかった。

「よくやった」

若宮が珍《めずら》しく望月を褒《ほ》める。

「あんたのためじゃない。自分のために決まってるでしょう」

若宮に褒められても嬉《うれ》しくないと、望月は素《そ》っ気《け》なく返し、背後から佐久良のジャケットを脱《ぬ》がし始めた。若宮もこういうときは協力する。ジャケットだけでなく、ベストまであっという間に取り払《はら》われた。

「これなら間違えない」

そう言いながら、若宮がシャツの上から佐久良の背中を撫でる。薄いシャツ一枚になったせいで、手のひらから若宮の熱が伝わってきた。

「最初からこうしておけばよかったですね」

「あっ……」

シャツのボタンの隙間《すきま》に望月が手を差し込み、胸の尖《とが》りを指先で弾《はじ》く。佐久良はたまらず声を漏《も》らした。

「変なものを触った口直しをさせてほしいな」

「早くさっきの手の感触を消させてください」

二人のお願いが両方の耳に注《そそ》ぎ込まれる。それだけで体が震《ふる》えた。

「……なら、もう充分だろう？」

佐久良は一瞬しか見ていないが、二人は抱き合う程度のものだった。佐久良はもうずっと撫で回されていて、上書きを超えている。

「感触だけじゃなくて記憶も消したいからさ」

「これがしつこくて、なかなか消えないんです」

勝手なことを言いながらも、二人は手を止めない。シャツも知らぬ間に脱がされ、ベルトも引き抜かれた。

結局、二人が満足したのは、停電が復旧してからだった。

END

18TH ANNIVERSARY

ラヴァーズ文庫18周年
おめでとうございます!

毎年恒例のラブコレに、今年もリロードと飴鞭の
二本で参加させていただきました。
ラブコレでは本編よりも、
明るくてちょいエロになっておりますので、
お気軽に楽しんでいただければ幸いです。
ラブコレともども、リロードも飴鞭も長く続けられる
よう、日々、精進して参りますので、
応援のほど、よろしくお願いします。

ラヴァーズ文庫が19年、
20年と続いていくことを願っております。

いおかいつき

LOVERS COLLECTION

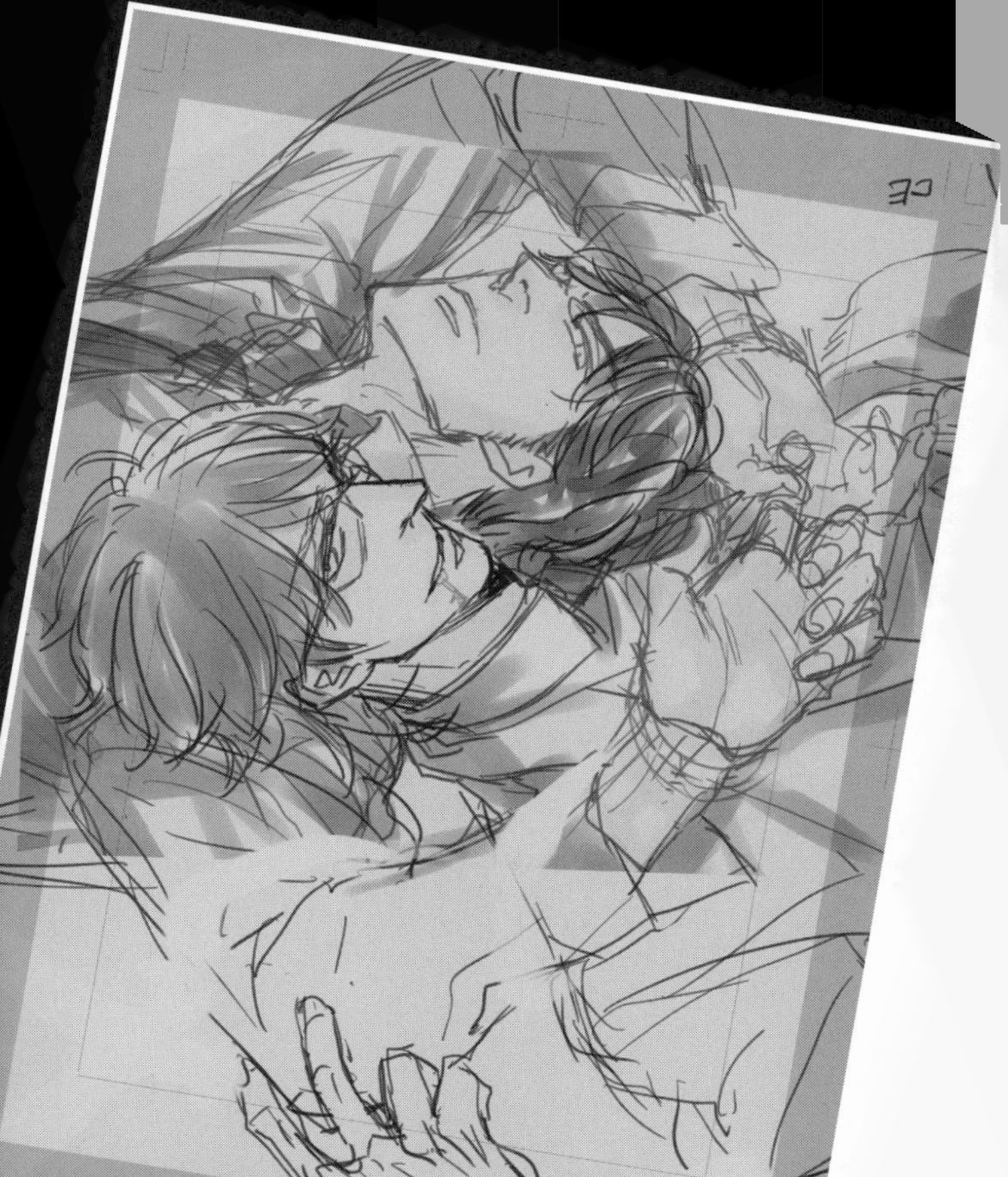

キス×キル・飴と鞭も恋のうち～Fourthメイクラブ～　ラフ画特集

車内

ラブカレ表紙
リロード
表紙用に
表情かえる？

アップ有.
2

河東一馬

タオル
左手
Tシャツまくって
メガネない?

飴と鞭も恋のうち～Fourth メイクラブ～

-2

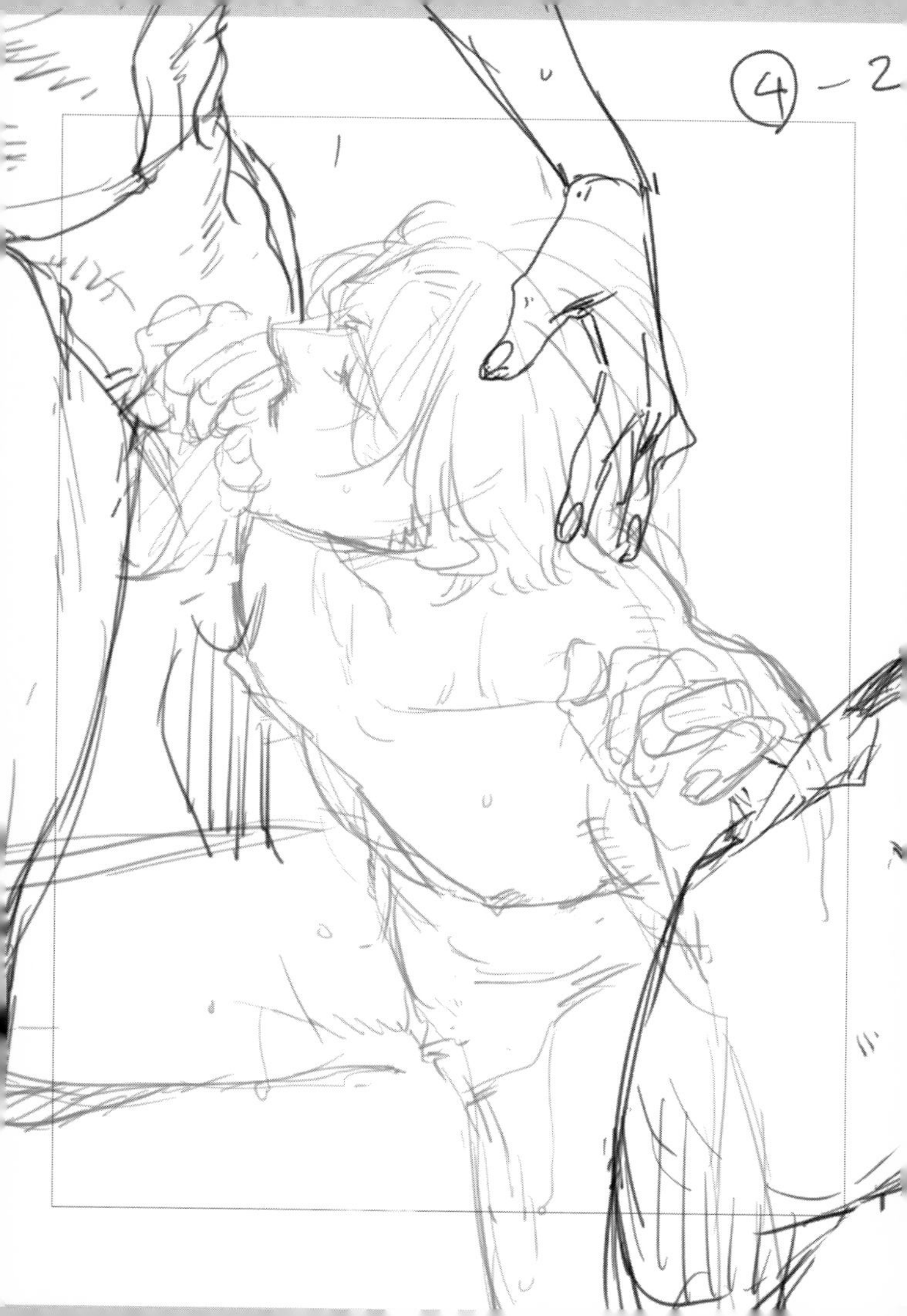
④-2

7

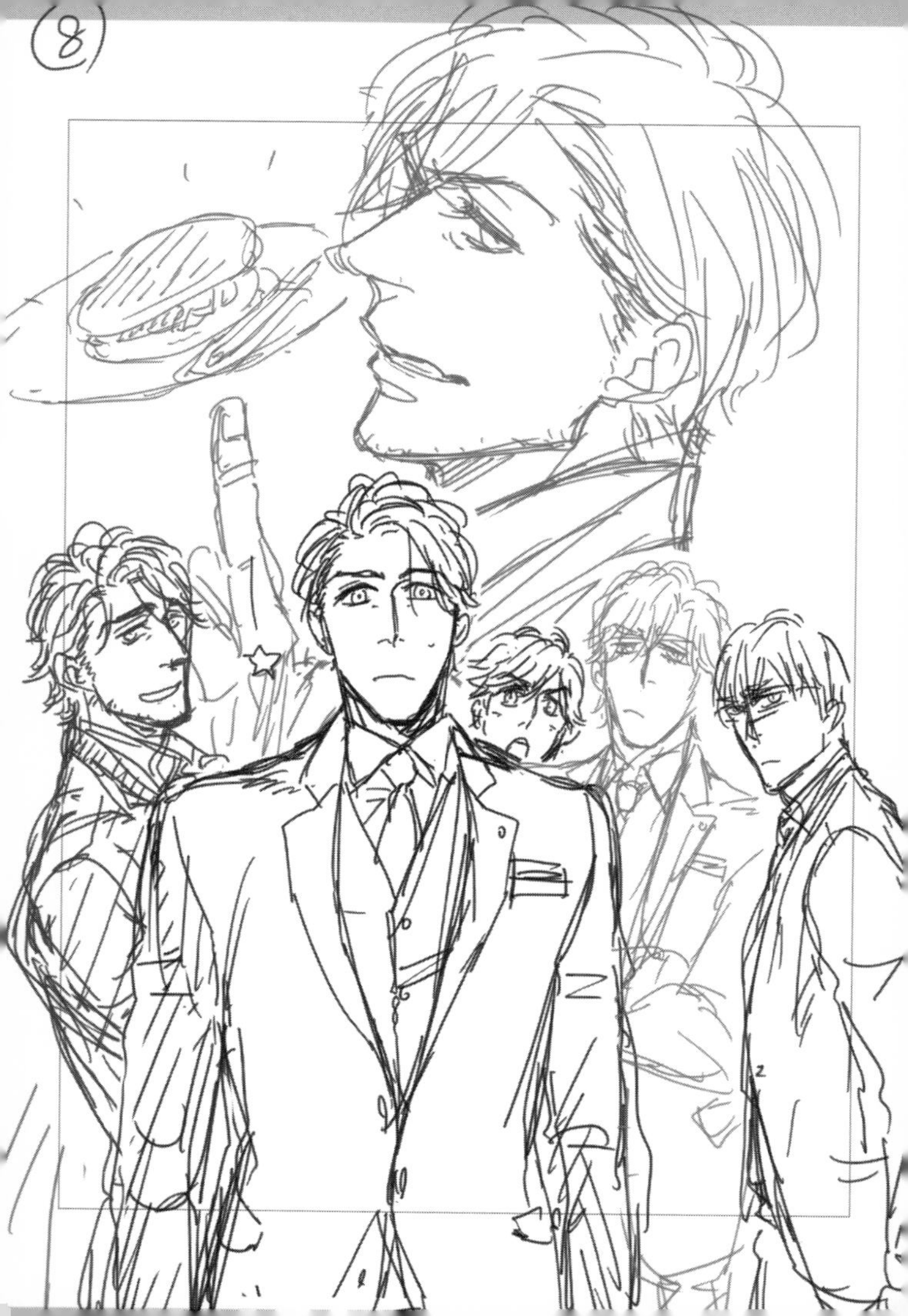
⑧

ガサッ
スイートホームセキュリティ
くにさわとも
※一馬宅
先にシャワー借りるぞ
ビールちゃんと冷やしておけよ
おー
わーってるっつの
ガコシャ
ザー…
ザァアアアアア…
キュッ
どーせすぐシャワー浴びるし
スウェットは…いっか
ん?
うおっ
どした?
ポタ
ポタッ
忘れ物だ
お前を忘れた

ガッシ
!
ここで何してるコソ泥
ギュウウウウ
ちょ、痛!!痛い
あはっ もうバレちゃった?
コソ泥呼ばわりはヒドイなあ
ジローかよ
ごめいさつ♡
さっすが神宮さん なんで気付いたの?
なんとなくだ
…
一馬さん専用セ○ムこっわ!
ギチィ…
いたいっ
なんだ?
んあ? いやまあ、
ドキッ
これはこれで タナボタっつーか 妄想が捗るっつーか…
苦悶の表情
上気した頬
滴るカラダ
※ジローです
オレ3Pでもいいよっ
ぱあっ
……。
イラァ…
そんなに3Pがしたいなら桂木を呼んでやる
はっ!?
俺そんなこと ひとっ言も…ッ ちょっ、オイ!
アッ
へーいっ
えーやっぱこうなるの
-END-
祝☆18周年! 益々のご発展を願っております。國沢智

満月旅行
ふゆの仁子
illustration 奈良千春

フルムーン旅行。

元々は日本のとある旅行会社が熟年《じゅくねん》夫婦をターゲットにした企画のこととされる。結婚《けっこん》したばかりの夫婦の旅行を「新婚旅行」「蜜月《みつげつ》旅行」と称するのに対し、「満月《まんげつ》旅行」、つまり「フルムーン旅行」または「フルムーン」として、熟年夫婦の旅行を指す言葉となった。

改めて確認するまでもなく、長く日本を離れ、米国を拠点《きょてん》に仕事をしている梶谷英令《かじやひではる》でも「フルムーン旅行」の意味は認識していた。

長年連れ添った夫婦が、ともに旅行するのは良いことだとは思うものの、あえて「満月旅行」とネーミングするのもどうかと思いはした。

だがあくまで他人事《ひとごと》。一生、己《おのれ》には関係ないものだったのだ。

それなのに――。

『満月旅行のしおり』

梶谷は己の手の中の冊子《さっし》を眺《なが》め、大きなため息を吐《つ》く。最初に手にしてから何度見ているかわからないが、表紙を目にするたびに無意識のうちにため息を吐いている。

ちなみに中を見たのは一度だけだが、中身はほぼ暗記していた。

「また『それ』を見てるのか」

隣《となり》から発せられる呑気《のんき》な台詞《せりふ》に、梶谷の眉間《みけん》に知らず皺《しわ》が寄せられる。

「よっぽど気に入ったんだな。高柳《たかやなぎ》特製、俺たちの『満月旅行のしおり』が」

含《ふく》み笑いをしながら嬉《うれ》しそうに言う、レオン・リーこと李徳華《リードーホア》は、梶谷の手元からコピー用紙で作成された『しおり』という名の小冊子を奪《うば》っていく。

「あいつ、マジですごい奴だよな。冗談《じょうだん》で頼んだら、半日でこんな面白いモン作っちまうんだから」

「まあ……そう、だな」

高柳智明《たかやなぎともあき》という男が、「すごい」人間であるという点は梶谷も同意する。だがその「すごさ」が、梶谷には理解できない方向性のときもある。

今回はその方向なのだが、レオンのツボにはハマったらしい。『旅のしおり』を高柳にリクエストしたのは、他でもないレオン当人だからだ。

梶谷にとって『旅のしおり』は、幼い頃の思い出だ。小学校、中学校の頃、遠足や修学旅行の際に用意されていた覚えがある。そんなしおりを、どうしてレオンが知っているかと言えば、先日の日本旅行がきっかけだ。

いつか温泉《おんせん》へ行きたいという高柳の言葉に相槌《あいづち》を打っていたら、即《そく》実行されたのだ。その際、高柳は自分と恋人のティエン・ライの分だけではなく、梶谷とレオンの分も『旅のしおり』を作成していた。

旅程《りょてい》、往復の飛行機の便名、宿泊先の名称は当然、持参する物、温泉の効能や周辺の観光地の案内など、簡単なガイドブック的な要素を備えていたのである。

梶谷としては、感心するよりも物好きだと半ば呆《あき》れたのだが、『旅のしおり』自体、初めてのレオンは、いたく気に入ったらしい。それこそ一言一句《いちごんいっく》記憶するほど、繰り返し読んだだけでは飽《あ》き足らず、今回の旅行のしおりも作成依頼《いらい》した――らしい。

伝聞なのは、梶谷には何もかも内緒で話を進めていたためである。しおり作成はもちろん、旅行自体も、さらにはその目的が「満月旅行」であることも、当事者のはずの梶谷は聞かされていなかった。

レオンなりのサプライズだったのだと思っていたが、実際は高柳の提案から始まっている。


梶谷との旅行を考えていると伝えたレオンに、高柳は言った。

「どうせ二人で旅行するなら、満月旅行にしちゃえば？」

誘《さそ》った昼食の席で、高柳は巨大な骨《ほね》つきチキンを美味《おい》しそうに食しながら提案してきた。

何が「どうせ」かは、さすがのレオンも意味不明だった。だから何が「どうせ」なのかと確認した。

「正式にプロポーズしたんでしょ？」

「そうだが、つき合いは長いしな……」

レオンは先の言葉を続けない。髭《ひげ》に覆《おお》われた大きな口を高柳の手に塞《ふさ》がれたためである。

「その考え、改めたほうがいい」

普段の明るく朗《ほが》らかな表情を消し去った高柳は、鋭《するど》い視線をレオンに向けてきた。

「なんとなく一緒にいるんだろうと思うことと、明確にこの先も一緒にいると約束することは、まったく意味が違う」

「そうなのか」

「そう」

高柳はあっという間に食べつくしたチキンの骨の代わりに、新たな肉を手にする。細い体のどこに入っていくのかと不思議になるほど、高柳はよく食べる。

「長いつき合いになっているなら余計に、互いの気持ちを改めてはっきりさせるためにも、ちゃんとしたほうがいいと思う」

「なるほどな。高柳がそう言うならそうなんだろうな。なあ、お前が新婚旅行するならどこへ行く?」

「うーん。行きたいところは山とあるんだけど、レオンたちの取れる休暇《きゅうか》期間を考えると……」

高柳は手についた油をナプキンで拭《ぬぐ》ってから、胸ポケットから取り出したペンで、手元のナプキンに行き先を書きつけた。

それが今、梶谷とレオンが向かっている場所、マレーシアの軽井沢とも称される避暑地《ひしょち》、キヤメロンハイランドだ。

「詳細は改めてしおりにして渡すから、明日まで待ってて」

「どうせなら、この間の温泉のときみたいに、『旅のしおり』作ってくれねえか」

レオンの頼みに高柳は上機嫌《じょうきげん》で「了解」と応じた。

そして夕食の場で、高柳は『旅のしおり』をレオンに渡してきた。

「行き先は中を見ればわかるけど、マレーシアをセレクトしといたから」

そのしおりには、『新婚旅行』改め、『満月旅行のしおり』であると記されていたわけである。


完成したしおりをレオンが梶谷に手渡してきたのは昨日。そして翌日《よくじつ》である今日、マレーシアへ向かうべく飛行機に乗っている。

サプライズにしても、せめて準備する時間は欲しかったと梶谷は思うが、レオン曰《いわ》く、それではサプライズにならないそうだ。

空港へ向かうまでのドタバタはともかく、高柳のしおりを眺めていたら、文句を言う気力もなくなった。そういう点でも高柳はすごいと思いつつも、仕事で何度か訪れた、首都にあるクアラルンプール国際空港に着くと、予約していた車に乗り込む。

空港から北へ百五十キロ。

四時間かけて向かった先にあるキャメロンハイランドは、海抜《かいばつ》千八百メートルの丘陵《きゅうりょう》地帯に紅茶畑《こうちゃばたけ》が広がる。想像もしていなかった光景に、梶谷の口からは無意識のうちに「うわあ」という驚《おどろ》きの声が零《こぼ》れ落ちる。

最高気温の平均も二十二、三度と、年間を通じ穏《おだ》やかな場所は、高温多湿《こうおんたしつ》なマレーシアにおいて、避暑地と称するに相応《ふさわ》しい。仕事で訪れていたものの、こんな避暑地があることを知らずにいた。

「マレーシアに来るのは、ハリーと浅海《あさみ》との件以来だな」

詳細は割愛するが、この地を訪れながら、マレーシアと因縁《いんねん》の深い彼らに一報を入れなくてよかったのだろうか。今さらだがそんなことを悩むものの、今日になるまで旅先を知らずにいた梶谷には如何《いかん》ともしがたい。

飛行機に搭乗する際、ちらりとレオンに聞いてみたものの、何の反応もなかった。

あえて知らせなかったのか、すでに連絡済みなのか判断がつかずにいたため、試す意味でもう一度、彼らの名前を口にしてみた。

「ああ、そうだな」

あっさりと返すレオンの表情を見た梶谷は、「あえて連絡しなかった」のだろうと判断した。だからそれ以上、彼らの名前を口にするのはやめることにする。

途中、何度か休憩《きゅうけい》をはさみつつ、たどり着いたホテル前でタクシーを降りた瞬間、なんとも心地《ここち》よい空気が全身を包み込む。

湿気が少なく程よい気温。見上げた先に広がる大きな空。目の前に聳《そび》える近代的なホテル。

「英令」

梶谷の名前を呼ぶ男も、気づけば普段の、柄《がら》入りの派手なアロハにダメージジーンズ姿ではなく、シャツの上にジャケットと、同色のパンツを合わせている。無造作《むぞうさ》に伸ばしている髪も頭の後ろできっちり結び、髭もある程度整えているため、梶谷の馴染んでいる姿とはかなり印象が異なる。

ホテルのエントランスを抜け、フロントでやり取りする姿も実に堂に入っている。が、改めてホテル内を見回すと、不思議なほど周囲に溶け込んでいる。

チェックインを済ませ部屋に案内される。簡単な説明を受けたのち、ベルボーイが部屋を出てしばらくして、二人してほぼ同時に大きなため息をついてしまう。

直後、互いに目を合わせて、どちらからともなく爆笑《ばくしょう》する。

「何を笑っている？」

「同じ質問、あんたにしてやるよ」

腹を抱え、わけもわからないままに笑い、二人してベッドに仰向《あおむ》けに倒れこむ。

天井を眺めながらも、しばし笑いは治まらず、やっとのことで話ができるようになったのは、部屋に入って優に十分は経《た》ってからだった。

「腹、痛てえ……」

「私もだ」

梶谷は腹に手を置いた。そこは大きく上下している。

「何がそんなにおかしかったんだ？」

改めてレオンに問われて梶谷は不意に我に返る。

「……なんだろう」

いつからか、ずっと笑いを堪《こら》えていた。多分、キャメロンハイランドに着く前から。飛行機に乗って、高柳作成の『満月旅行のしおり』を目にしてから。

高柳が真剣《しんけん》に作っている姿を想像したためではない。高柳に唆《そそのか》されたにせよ、『満月旅行』をレオンが受け入れたことに。

さらに遡《さかのぼ》れば、レオンが自分にプロポーズしたことに。

決して、滑稽《こっけい》だと思って笑っているわけではない。予想もしなかった「プロポーズされた」事実に自分が思いのほか喜んでいることや、結婚に伴《ともな》いレオンが自分を旅行に誘ってくれたことに喜びを感じている。

そんな自分がおかしかった。そんな自分と一緒にいるレオンの姿がおかしかった。

誰もが覚えるだろう、ごくごく当たり前な「幸福」という気持ちを堪能《たんのう》している。

レオンと出会う前から、梶谷の人生は「普通」ではなかった。死と背中合わせの日々を過ごし、世の中の裏や闇《やみ》を何度も垣間《かいま》見てきた。どれだけ「普通」を装《よそお》っても、体にはレオンの手による刺青《いれずみ》が彫《ほ》られている。

そんな自分たちが、いま、とてつもなく「普通」の顔をして、日常に溶《と》け込んでいる。

とてつもなく普通な状況《じょうきょう》にある自分たちがおかしかった。

「幸せだと思っている自分が、おかしかったのかもしれない」

「なんだそれ」

レオンは起き上がり、梶谷の横たわるベッドへ移動してきた。レオンの重みでベッドが沈《しず》む。

「君だっておかしいと思っただろう？　ホテルに来てみて。普通の日々を幸せに過ごしている人々の中にいて、浮いていない自分たちの姿に」

「別におかしいとは思わなかったな」

レオンはベッドの上にうつ伏《ぶ》せ、梶谷の顔を隣から眺めている。

「少なくともあんたは、俺と違って、こういう場所にいて当たり前に過ごせる」

「君だってそうだ。上海《シャンハイ》で仕事をするときにはエリートの顔を見せているじゃないか」

梶谷は顔だけをレオンに向ける。

「あれは擬態《ぎたい》しているだけだ」

レオンは苦笑交じりに否定《ひてい》する。

「こういう場所では、真面目《まじめ》な顔は三分が限度だ」

「なんだ、三分って……」

頭に浮かぶのは特撮《とくさつ》のヒーローだ。

レオンの胸で制限時間を示すカラータイマーを想像してしまい、別の笑いがこみ上げてきそうになった。

ウェルネスから独立し、ニューヨークに法律事務所を開設して以来、レオンと過ごす時間は増えた。それでも、こんな風に穏やかに過ごせるかと問われれば、それはなかなか難しい。

『満月旅行』と言われると擽《くすぐ》ったさが先行するものの、まったく仕事と関係なく、二人で旅行に出ることは、おそらく初めてだ。

「それにしても、高柳はなんでここを選んだんだろうか」

観光地は数多くある。

特にアジアを飛び回って仕事をしている高柳ならば、隠《かく》れた名所も知っているだろう。その高柳がチョイスした、キャメロンハイランド。

「最初は軽井沢をにしようと思ったそうだ。だが日本だと芸がないと考え直したようだ」

旅行先の検討《けんとう》に「芸」を求めるのが、なんとも高柳らしい。

「避暑地というキーワードで探した結果、キャメロンハイランドになったということか」

梶谷が一人納得したところで、上半身を起き上がらせたレオンが顎《あご》を擦《こす》りながら微妙《びみょう》な表情を見せる。

「違うのか?」

「大まかには違わないが、厳密《げんみつ》に言うと少し違う」

「やけに遠回しな言い方だな」

「そりゃそうだろう。何しろ『あの』高柳だぞ。一筋縄《ひとすじなわ》でいくわけがないだろう」

上海の裏を取り仕切るレオンから、こんな風に言われる高柳に、梶谷は空恐《そらおそ》ろしさを感じる。

「高柳がここ、キャメロンハイランドを選んだ最大の理由はあれだ」

レオンは部屋の窓《まど》から見える、広大な紅茶畑を指し示す。意味がわからず梶谷は首を傾《かし》げる。

「あまり日本じゃ知られていないが、美味《うま》いらしい」

呆れたようなレオンの表情で、やっと梶谷は納得する。

「……土産《みやげ》目的か!」

高柳といえば一番に食事が頭に浮かぶ。

グルメというより、

「半分正解。正確には、将来的にビジネスに発展させるべく、下調べを兼ねて『試し飲み』したいそうだ」

レオンが梶谷にスマホの画面を示してくる。何だろうかと注視して理解する。

『購入希望リスト』

タイトルのもと、ずらっと紅茶の銘柄《めいがら》やブランド名等が羅列《られつ》されていたのだ。たとえ話でなく、本当に「ずらっ」と。業者でもこれだけの量は買わないだろうと思われる程だ。

「これ、突然に観光客が買いに行って手に入るものなのか」

「心配するな。案内人がいるらしい」

「……あ」

誰かと問うよりも前に頭に浮かんだのは、ハリーと浅海の顔だ。マレーシアに来て、彼らに連絡を取らないわけにはいくまい。

今や高柳も梶谷もウェルネスの人間ではないが、とりあえず元同僚《どうりょう》だ。

「なんだ、その顔」

梶谷のベッドに移動したレオンは、眉間の皺に指を突き立ててくる。

「先を想像すると面倒だと思って……」

「そういうことは後回しにしろ」

ふっと笑ったレオンは、かけていた梶谷の眼鏡《めがね》を外《はず》す。そのまま輪郭《りんかく》を優しく撫《な》でた指が梶谷の顎で止まる。くいと顔を上向きにされ、レオンの顔が近づいてくる。

何をするのかと問うまでもない。

だが、大きな窓の外を見れば、太陽はいまだ高い位置にある。つまり、真昼間だ。

「こんな時間にするつもりか」

「ああ」

「到着したばかりなのに？」

「仕方がねえだろう。高柳の作ったしおりの中で、『到着後はしばし休憩』って書いてあるんだ」

口を大きく開けて、レオンは子どもみたいに笑う。その表情を一瞬だけ可愛いと思ったものの、すぐに梶谷は冷静さを取り戻す。

「休憩と書いてあるなら、おとなしく休憩すべきでは……」

高柳作成のしおりに一通り目は通しているが、細かい注意書きなどは飛ばし読みしていた。

「注意書き欄《らん》に、休憩時間は各々《おのおの》好きなように過ごせとある」

レオンは素早《すばや》い仕草《しぐさ》でジャケットを脱《ぬ》ぐだけでなく、ベルトのバックルも外した。

「空腹なんだが」

「後から食わせてやる。とりあえず一発やらせろ」

あまりに直球すぎる言葉に、梶谷は肩を竦《すく》めるしかなかった。

「そんな状態で、一発で済ませるつもりはないだろう」

「お前だって、いざおっぱじめちまえば、俺と同じになるだろう?」

それはそうなのだが。

「とにかく、諦《あきら》めろ。『新婚旅行』だからな」

「満月旅行だったはずだ」

「どちらにしたって同じだ。要は、人目を気にすることなく、存分にセックスするための旅行だ」

「君って奴は……」

「お前だってわかってるだろう？」

下世話な言い方に、いつか背後から刺《さ》されるだろう。満月旅行の一般的な解釈《かいしゃく》はともかくとして、少なくともレオンと高柳が想定している今回の旅の目的は、間違いなくセックスだ。

梶谷とてわかっていなかったわけではない。

あえて場所を変えずとも、二人の場合セックスができないわけではない。それでも互いを知る者のない場所で、気兼ねなくセックス三昧《ざんまい》できる環境《かんきょう》が好ましくないわけがない。

梶谷はもちろんレオンも、基本ワーカーホリックだ。ニューヨークにいれば、休日、平日関係なく、仕事をしてしまいがちだ。

そんな状況でもセックスしないという選択肢《せんたくし》はレオンにはないものの、いかんせん梶谷には体力的に限界がある。最中は行為に没頭《ぼっとう》してしまうから、余計に困るのだ。

特に、改めてプロポーズされて以降、出会ったばかりの頃のように、常にレオンに触れていたい衝動《しょうどう》に駆《か》られている。

（おかしいとは自分でも思うのだが……）

「英令」

甘い声で名前を呼ばれると、それだけで体の奥が疼《うず》いてしまう。

「ハリーたちと会うのは、いつの予定だ」

覚悟を決めた梶谷は上着を脱ぎながら、レオンに確認する。ハリーたちのことは、しおりの中で一切《いっさい》触れられていなかった。手抜きじゃないかと思ったが、梶谷に対して伏せられていただけで、レオンはスケジュールを把握《はあく》しているのだろう。

「三日後だ」

シャツを脱ぐと、獰猛《どうもう》な獅子《しし》が姿を見せる。レオンだけでなく獅子の双眸《そうぼう》を目にした刹那《せつな》、梶谷の肌が粟立《あわだ》ってきた。熱を帯びることで、雄々しさを増す獅子に抱かれる己の姿を想像するだけで、昇天《しょうてん》しそうになる。

「それまで、存分に満月旅行を堪能《たんのう》しないとな」

あえて強気に言う梶谷の意図を察したレオンが、余裕の笑みを浮かべる。

「それでこそ、俺の英令だ」

ベッドにレオンが膝《ひざ》を立て、スプリングが軋《きし》む。笑みを湛《たた》えたまま、重なってくるレオンの唇《くちびる》を梶谷はこみ上げる高揚感《こうようかん》を抑《おさ》え込んで受け入れる。

器用に梶谷の着ているものを脱がしながら、レオンは唇を甘く啄《ついば》んでいく。

「んん……」

焦《じ》らしたのちに唇の間を進んできた舌が、柔《やわ》らかく梶谷の口腔内《こうこうない》を探っていく。

上顎、下顎を探られ、奥に潜《ひそ》む舌にゆっくり絡《から》みつかれ、思わず喉《のど》が鳴った。

レオンは梶谷の細かい反応を確認しながら、自在に舌を動かしていく。

体に針《はり》を刺《さ》すときにも似た繊細《せんさい》な動きが、確実に梶谷の弱い部分を見つけ出す。濃厚《のうこう》に舌を絡ませている間に、互いの着ているものを剝《は》ぎ取っていった。レオンの手によって二人の体に描《えが》かれた刺青が、濃厚な熱を発し、淫《みだ》らな色合いを強くする。

梶谷は自ら猛《たけ》ったレオンの欲望に貪《むさぼ》りつく。先端《せんたん》を嘗《な》め強く吸《す》い上げるたびに、口腔内で強く脈打《みゃくう》つ。

「上手《うま》くなったな」

レオンは己自身を愛撫《あいぶ》する梶谷の髪を摑《つか》み、顔を上向きにした。梶谷はレオンへの愛撫を止めることなく、ただ視線で応じる。

膝を立て足を開き、レオンを誘う。ただ、レオンにされるだけではない。梶谷自身、レオンを食らう。

窓から見える空には、白色の月が上がっていた。

END

18TH ANNIVERSARY

ラヴァーズ文庫18TH
おめでとうございます!

創刊当初から既に大人だった
ラヴァーズ文庫ですが、
正式に大人の仲間入りですね。

ずっと変わらぬ濃厚で濃密な世界を
これからも楽しみにしております。

ふゆの仁子

LOVERS COLLECTION

獅子の契り ラフ画特集

かべ 前と同。
極彩色アート
（獅子と牡丹）
手にぎる。ゆびわ有り
上部は金を多く。
本物牡丹へ
かべ牡丹
まくり上げ
しっぽとチェーン
腰刺青→本物牡丹へ
金ベルト
ランプ
実際よりオーバーに
ま刺青になりますが
レオンは全裸です。

NYブルックリン風背景
L 私服(ブルゾン)
ピク4や
「18」やタトゥー系を英
描くかも。
たばこ
メガネチェーン
梶 ベストスーツ
最奥は
黒のがかっこいいかも

獅子―サブ
入る場合に。
イルアーク
42
金(白)
まゆ薄
目影濃
フェイより
ちっちゃい
黒
カアプ
2
ハリス
28
ふだん
ニコニコ顔
糸目美人
赤毛
(トーン)
レオンとは
違う線数で

青空
高柳
結婚式
高・ティ
指輪あり
ティエン
フェイ
梶谷
レオン

④
夕空ビル
ソファ
耳付き
テレテレ
CUB
ドア
黒
ライオンロゴ
ゆびわ
長そでシャツ

⑤
クローバー
お昼の公園
上着有り
黒 うすキ シャツ
後のシーンのわんこ
(ダルメシアン
靴も

6
植物、棚など
アクセ
はで
Tシャツ
夜9時
5と同じシャツ
たばことか
タトゥー見せ
スマホとローテーブル
メガネなし

⑧
(背)イメージ
獅子の鼻先に
牡丹と蝶々
めがねなし
ビデオ
射精撮られる。。

牡丹刺青案
背中下部あたりに2本ほど
トライバ
ご結
もとの蝶々
ベタ部分は点描

PAPAS LOVE?
2022© 奈良千春
浮気発見
この男《ガキ》誰よ?
…んのスマホを勝手に
不可抗力でーす
ハッ~ まさかお前がここまで子供好きだったとは知らなかったぜ
ポイ
べ、別に特別好きというわけでも無いが
ほ~?
遠いとはいえカップは君の親戚なのだし…
それに
それに?
あれだけ懐かれれば可愛くもなるだろ……
…oh 英令にこんな顔させるなんて
ちょっとマジに嫉妬しちまいそうだぜカップ…
…な、
そんなに恋しいならつくってみるか?
え?
ぎし…
俺との子♡
ポ・カッ
いえええなぁ 冗談だろうが?
シャレにならない冗談はやめろ 危うく想像するところだったじゃないか
レオンの子だなんてそんなの──
誰よりもかわいいに決まってる!!
想像しちまってるし かわいいかよ…
祝・ラヴァーズさん18周年!!

Distance
犬飼のの
illustration 國沢 智

貴族悪魔《きぞくあくま》同士は、恋をしてはならない。長く一緒にいることすらも許されない。

女貴族が存在しない不自然さを正そうとして、どちらかが女性化してしまうから。

女貴族は、葬《ほうむ》られる運命にある。

それは王が替わっても変えられない、魔族《まぞく》の掟《おきて》――。


北イタリアのホーネットの森に、今年も秋がやってくる。

赤や黄色に色づく森を歩きながらも、吸血鬼《きゅうけつき》ノア・マティス・ド・スーラの視線はスマートフォンに釘《くぎ》づけだった。

画面を見ていなくても、メッセージがくれば振動で気づけるとわかっている。

音も鳴るように設定してあるのだし、ポケットにでも入れておけばいいのだけれど、まるで病気かなにかのように目が離せず、そんな自分がいやになった。

――もうすぐ日が落ちる。足元を見て歩かなければ、また罠《わな》にかかって痛い目に……。

獣《けもの》を捕《と》らえる古い罠にかかり、獣人《じゅうじん》グレイ・ハードに助けられてから一年。

あのような醜態《しゅうたい》をさらさないよう地面に視線を移すものの、数秒後には画面に戻ってしまう。

昨日の朝からグレイが電話に出ないのだ。

メッセージも既読にならないし、滅多《めった》に使わないメールも送ってみたが反応がない。

最近の魔族社会は平和で、今のところなにかが起きる気配はなかった。

仮に平和ではないとしても、グレイはグリズリー獣人の貴族悪魔なのだから、あまり心配しなくてもよさそうな相手だ。

——出会った日からちょうど一年。そんな日に、私からの連絡を無視する理由がわからない。心配はしていないが、なにか特別な事情があるのでは……。

会うのは月に一度だけ、それも新月《しんげつ》の晩《ばん》に二時間のみと決めているグレイに会うため、ノアは森を進んでいく。

最後に会ったのは二週間前なので、今日は会う約束の日ではないのだが……昨日から連絡を無視されているのでしかたがない。

貴族悪魔同士は長期間一緒にいると片方が女性化してしまうため、極力接触を控《ひか》えなければならない。とはいえ、昔から手紙のやり取りや電話は可能だった。

ましてや今の時代は、直接会わなくても身近に感じられるくらい、毎日やり取りすることができる。

ノアとグレイは、スマートフォンを使っていわゆるビデオ電話で話すことが多かった。

メッセージアプリも頻繁《ひんぱん》に使っている。

ほぼ毎日同じ時間にリアルタイムで返事を返し、チャット状態になることがほとんどだ。

その他にも、毎日なんらかのゲームを通じて同じ時間を共有してきた。

それはオンラインチェスであったり将棋《しょうぎ》や囲碁《いご》であったりとバラエティーに富んでいて、今週はこれを、来週はあれをと、二人で相談して決めていた。

吸血鬼のノアは日光が苦手なので、就寝は明け方、起床は午後という生活だが、グレイはいつもノアに合わせてくれていた。

獣人は気ままな性格で面倒くさがりが多く、睡眠時間が長い傾向にあるのに、ノアが起きている時間はいつだって彼も起きていた。

直接会う機会は月に一度でも、毎日会っていると錯覚《さっかく》するくらい仲がいいのだ。

ノアにとってグレイは、今や一番の友人、唯一《ゆいいつ》の親友といって差《さ》し支《つか》えない。

――グレイの気配が……。

グレイの管理区域に入ってさらに進むと、森の奥から貴族悪魔の気配を感じられる。

グリズリー獣人のグレイ・ハードに間違いなく、彼は普段通り自作の小屋にいるのだ。

貸与されている城ではなく、趣味で作った小屋に入り浸《びた》り、ホーネットの森の西側を管理する生活。その日常に変わりはない。

――どうして、連絡がつかないんだ？

木々の向こうに彼の小屋が見える。

今は屋根しか見えないが、もう少し進めば入り口のスロープも見えるだろう。

ノアは立ち止まり、スマートフォンの画面をにらみつけた。

自分とのやり取りは、グレイにとって日課になっているはずだ。スマートフォンが壊れたり電源を入れ忘れたりしていたなら、そのことに気づかないわけがない。もしも居城に忘れたのなら、すぐに取りにいくだろう。熊《くま》の獣人とはいえ彼はフットワークが軽く歩くのも走るのも好きで、毎日あちらとこちらを行ったり来たりしているのだ。

——私からの連絡を、故意《こい》に無視しているのだとしたら……。

考えたくなかったが、状況《じょうきょう》からしてその可能性は高いと思った。

一般的に、相手を怒らせたり傷つけたりした場合に無視をされそうだが——自分が送ったメッセージを読み返してみても、発言を思い返してみても、特に引っかかるところはない。

今日送ったメッセージには必死感が出てしまっているが、それは未読のままだ。既読になっている一昨日《おととい》の夜までは、普段となにも変わらない。

ノアは由緒《ゆいしょ》ある吸血鬼一族の跡《あと》取《と》りでありながらも、多様性を受け入れ、差別などをしないよう心がけている。

浅黒い肌をしたグリズリー獣人を見下す吸血鬼は多いが、自分は絶対に違う。違うからこそグレイと仲よくなり、一昨日の夜まではうまくやっていたのだ。怒らせたとは考えにくい。

——もしや、女でもできたのか？

不意にいやな可能性が浮かんでくる。

貴族悪魔の男が、使役悪魔《しえきあくま》や人間の女に手を出すのはよくある話だ。

もちろん男という場合もある。

天秤《てんびん》にかけられて軽く扱《あつか》われるのは屈辱《くつじょく》だが、親友と恋人のどちらを取るのが一般的か……

それはノアもわかっていた。ただの遊び相手ではなく恋人なら、しかたがない。

こればかりはしかたがないんだと、自分にいい聞かせる。

——帰ろう……踏み込んだらみじめなことになる。

グレイが自分に対して特別な好意を持っていて、できることなら恋人になりたいと望んでいるのはわかっていた。

出会った日から、グレイはそういう気持ちを隠さなかったから——。

でも、彼と自分は貴族悪魔同士だ。

長く一緒にいたり性行為をしたりするとどちらかが女性化してしまう。

果ては死罪《しざい》と決まっている。

だから、しかたがないのだ。

一年経《た》っても親友止まりの相手よりも、自由になんでもできる相手を見つけてベッドを共にしたり本気で愛したりしたとしても、決して責められない。

それならそうと事前に説明してほしいものだが、なにか事情があるのかもしれない。

たとえば、この一年間ずっと好意を寄せていた分、他に相手ができたとはいいにくいとか、突然の恋に夢中になっているとか……。

思い浮かんだ二つのパターンに、胸を塞《ふさ》がれる。

親友にはなれても恋人にはなれない身で、文句などいえないけれど、心の動きばかりはどうしようもない。

「——ッ、ア！」

帰ろうと踵《きびす》を返し、城に向かって数歩ばかり歩いたときだった。

急にブゥーンと羽音《はおと》が聞こえてくる。

まさかと思って周囲を見回すと、頭上に黒い靄《もや》がかかっていた。

蜂《はち》の集団だ。小さな蜂が群れになって飛んでいる。

ホバリング状態《じょうたい》で黒い靄を形成したまま、ノアの行く手を阻《はば》み、行動を注視していた。

——殺す……か？　いや、でも……下手《へた》すれば反撃《はんげき》される……。

攻撃的《こうげきてき》な種には見えなかったが、あまりの数に圧倒される。

吸血鬼は遠隔攻撃《えんかくこうげき》が可能とはいえ、こんなに小さくたくさんの標的《ひょうてき》を一気に倒すのは無理だ。身を守るために完全無欠の結界《けっかい》を張れるのは魔王《まおう》の雛木馨《ひなきかおる》くらいで、自分はそこまで器用に立ち回れない。

「——ノア」

黒靄《くろもや》に見えるほどの蜂に圧倒されていると、グレイの声が聞こえてくる。

思わず「近寄るな、危ない」と注意しそうになったが、いう寸前《すんぜん》に思いだした。

グリズリー獣人は蜜蜂《みつばち》を操《あやつ》れる。

行く手を阻む無数の蜂は、グレイの能力によるものだ。

「グレイ……ッ、これはどういうことだ⁉」

腹が立った。

腹が立ってしかたがなかった。

連絡を無視した挙《あ》げ句《く》に、こちらが来たら蜂の大群を寄越《よこ》すなんてあんまりだ。

蜂は「帰るな」といわんばかりに帰路を塞いだが、それもまた勝手な話に思えた。

「ここまで来て、黙《だま》って帰らなくてもいいだろう？」

黄昏時《たそがれどき》の森に、グレイが姿を見せる。

木々の間を射《さ》す黄金の光と同じ色のはずの目が、今は貴族悪魔らしい紫色になっていた。

指の先を蜂に向け、退散を指示している。

そうして悪びれる様子もなく、ノアの前までやってきた。

グリズリー獣人だけあって、グレイは背が高く恰幅《かっぷく》のよい男だ。

強靭《きょうじん》な筋骨《きんこつ》に支えられているのがありありとわかる素晴《すば》らしい体を持ち、蜂の大群と変わらないほど大きな影《かげ》を落としている。

「私からの連絡を無視しておいて、なんなのだ、お前は……っ、私がどれだけ心配したと思ってるんだ！　こうして予定外に近くまで来て、生存を確認する破目《はめ》になった」

「心配なんかしてないだろ？」

「——っ、なんだと？」

「心配したんじゃなくて、無視されて苛立《いらだ》ったんだろう？」

「なにをいうかと思えば……っ、そんなこと当たり前だろう。十分すぎるほど苛立ったし、少なからず心配もした！」

「親友だもんな、心配もするか。それについては謝《あやま》る。心配させて悪かった」

「無視したことは謝らないのか⁉」

「それも悪かった、謝る。わざとスマートフォンを城のほうに置いてきて、独《ひと》りになっていろいろ考えてたんだ。お前の反応も見たかったし」

「——わざと、だと？　いったいどういうつもりだ⁉」

怒りのあまり感情的になるノアとは裏腹に、グレイはいたく涼《すず》しい顔をしていた。

いつもの彼といえばそれまでだが、普段以上に飄々《ひょうひょう》としていて感情が見えづらく、なにを考えているのかわからない。

「一年前の今日、この森で出会ったのを憶《おぼ》えてるか？　初対面だったわけじゃないけど、まともにしゃべったのは初めてだった」

「──っ、もちろん憶えている。私が獣用の罠で怪我《けが》をして……」

「あれをきっかけに仲よくなって、お前は何度も俺のことを友人といった。『いい友人ができてよかった』とか『親友だと思っている』とか、百万回くらいいわれた気がする」

「そんなにいってない！　いったとして、だからなんだというのだ？」

「俺が求めるのはそういう関係じゃなかったから、いわれるたびに胸が痛かった。友人から親友に昇格《しょうかく》したときは、ちょっとうれしくもなったけどな……それで手を打つかって、あきらめかけたりもした」

「グレイ……」

彼が今なにをいっているのか、なにをいいたいのか、それがわかると怒りは引いていき、戸《と》惑《まど》う気持ちが台頭してくる。

確かにグレイは好意を示してくれて、それは友人や親友としてではないと知っていたが、半ば挨拶《あいさつ》と化しているとも思っていた。

美人を見たら声をかけてほめるのが当たり前の人種がいるように、グレイはそういうタイプで……真に受けなくてもいいのだと思っていた。

真に受ければ死罪が待っているのだから、自分の判断が間違っていたとは思わない。

「一年経ったのを機に、お前との関係を改めて考えたかったし、考えてほしかった。俺がどういう存在なのか、これからも変わらないのか……」

グレイの手が伸びてきて、肘《ひじ》にふれられる。

ゆっくりとした動きだった。

拒《こば》みたければ拒めといっているかのように、時間をかけて体を引き寄せられる。

「……ァ」

唇《くちびる》と唇が重なりそうになり、ノアはあわてて肩をすくめた。

口づけなんて簡単にできるわけがない。

それだけで女性化するわけではないが、禁じられた恋に突き進むきっかけにはなる。

貴族悪魔同士がキスをすることは、それだけ大きなことなのだ。冗談《じょうだん》では済まない。

「やめろ……っ！」

あと少しのところでキスを躱《かわ》したノアは、グレイの頬《ほお》を平手で打つ。

バシィッと音がして手首まで衝撃《しょうげき》が来たが、後悔はなかった。

故意に連絡を無視したことも、許しもなくキスをしようとしたことも、到底《とうてい》許せないことだ。

「お前は身勝手で無責任だ。私たちが親友以上になるには、死を覚悟しなければならない。それをわかっていて、相手の許可を得ずにキスをするなんて……っ、許されることではない！」

「――してないだろ、拒む間を与えてる」

グレイは苦笑に近い顔をして、乱れた灰褐色《はいかっしょく》の髪をかき上げる。

ノアを見下ろす目の色は、紫色から本来の蜂蜜色に戻っていた。

「ノア、大人げないことをして悪かった。相手を死なせる可能性がある恋なら、さっさと身を引くなり、忘れるなりできたんだろうけど……今は教会の研究が進んで光明《こうみょう》が見えてる。お前と一緒に危ない橋を渡ってでも、想いを遂《と》げたかった」

「グレイ……」

「俺だけが覚悟しても、しかたない話なのにな」

グレイはもう一度、「悪かった」と謝罪《しゃざい》した。

ノアから視線を外《はず》して、西の空を見る。

残照《ざんしょう》を映した瞳《ひとみ》は、ひどく悲しげに見えた。

永遠の別れを感じさせる顔をしている。

——グレイ……？

恋人になれないなら、友人ですらいたくないと、そう考えているように見えて——胸をえぐられた。

グレイがいない明日を想像すると、氷漬《こおりづ》けにされた心地《ここち》だった。

半月の夜に独り、ノアはまたしてもスマートフォンの虜《とりこ》になる。

ただし先ほどまでとは違い、既読になるのを待っているわけではなかった。

グレイと別れて城に戻った時点で、メッセージはすべて既読になっていて、ただ返事がないという状態が続いている。

今は半分くらい返事待ちだが、どちらかといえば送信をためらっている状況《じょうきょう》だった。なにを送ればよいのかわからず、支離滅裂《しりめつれつ》な文章を書いては消す。

自分が送るのではなく、グレイが送ってくるべきだと思い、待ちの態勢《たいせい》を取ったりもする。

腹を立ててイライラと室内を歩き回った挙げ句にベッドに伏して、バルコニーに続く大きな窓を見つめた。

――お前と一緒に……危ない橋を渡ってでも……。

思い返すと、なんて非常識なことをいう男だろう……と呆《あき》れると同時に、込み上げるものがある。

あれは告白だ。好きだ、愛しているといっているのと同じだ。

そもそもグレイは出会ったときから好意を隠さず、この一年の間に数えきれないほど「綺麗《きれい》だ」「好きだ」「惚《ほ》れた」といってきた。

それこそ百万回といいたくなるほど当たり前にいってくるので、自分も当たり前のように「ありがとう」「よい友を持って幸せだ」などと返してきた。

――私だって気持ちが揺《ゆ》れなかったわけじゃない。友人だと何度も口にしたのは、そうでなければいけないと思う気持ちがあったからだ。本能的《ほんのうてき》な自己防衛《じこぼうえい》だ。

貴族悪魔の女性化を防ぎ、死罪にならずに同性パートナーとの関係を認めさせる方法——それは、女性の臓器《ぞうき》に変化可能な内臓《ないぞう》を失うことだ。外科出術で腎臓《じんぞう》を一つ摘出《てきしゅつ》して、それを二度と再生できないよう、飢餓《きが》に耐えなければならない。

挑戦《ちょうせん》した者は一人もいないうえに、激しい苦痛と危険が伴《ともな》う方法。

そんなものを自分だけではなく相手に求めるのは、あまりにも身勝手で重すぎる。

——それでも……そうまでしてでも……させてでも、関係を深めたいのか？　私の恋人に、どうしてもなりたいのか？

グレイに向かって、自分勝手で無責任だといったことは、間違っていないと思った。

でも、心は躍《おど》る。

呆れながら、怒りながら、よろこびを感じてしまう。

お前につらい想いはさせられない——そういって身を引くのが年上の男の取るべき態度だと思うのに、そこから外れたグレイの熱にときめいてしまう。

このまま縁《えん》が切れるのは絶対にいやだ。

そう思うくらい彼を必要としている。月に一度だけ、それも二時間だけしか会えないことを、どれだけ残念に思ってきたか……会える日をどんなにたのしみにしていたか。

もしも友でさえいられなくなるのなら、彼を失うくらいなら……臓器を一つ失い、飢餓期に耐えるほうがずっといい。

『話し合いたい』

考えに考え抜いて、ノアはメッセージを打つ。

深呼吸《しんこきゅう》をしてから送信し、早く既読になるよう祈《いの》った。

「あ……」

十秒ほどで既読になり、それからさらに十秒ほど経って『すぐに行く』と返ってくる。

ノアはベッドから起き上がり、窓辺に立ってホーネットの森を見下ろした。

グレイの管理区域は森の西側なので、ノアは約一年前から西向きの部屋を使っている。

特に深い意味はないものの、ビデオ通話で繋《つな》がっているときに、同じ空を共有していたかった。なるべく近いところにいたかったのだ。

――初めての友人だから……当然のように思っていた。グレイの友人でいることは、とてもたのしくて……楽でもあった。

グリズリー獣人の気配がして、近くに来ているのがわかる。

ノアは窓を開け、バルコニーに出た。

なんとなくだが、グレイは門番に声をかけたり、城門を叩《たた》いたりしない気がした。

おそらく間に人を挟《はさ》むことなく、密《ひそ》やかにやって来る。

これは彼と自分にとって、秘《ひ》めるべき用向きの話だからだ。

「……ッ、グレイ?」

濃密《のうみつ》な気を感じてバルコニーから身を乗りだすと、遥《はる》か下のほうに彼の姿があった。

闇《やみ》に紛《まぎ》れ、素手《すで》で城壁を登ってくる。

その気になれば熊に変容《へんよう》できるだけあって、とても大きな体をしているのに、まるで蜘蛛《くも》のように軽やかだった。

右、左、と順に手を伸ばして軽快《けいかい》に上がってきて、見る見るうちにバルコニーに手をかける。

それはもう、無重力にすら見える見事なクライミングだった。

「――ノア……」

バルコニーに上がり、手の届くところまで来たグレイは、いつもより切ない声で名前を口にする。

かすかに血のにおいがして、追ってみると両手の指先から血がにじんでいた。

スポーツクライミングとは違い、古い城の城壁は手指に優しくなかったのだろう。

欠損《けっそん》までいかなければすぐに治せる身ではあるが、今この瞬間はまだ痛むかもしれない。

「薪《まき》割りをするときは軍手を嵌《は》めるのに、今は素手なんだな」

そういって傷ついた手にふれると、「薪割りほど冷静じゃないから」と返された。

口角は上がっていて笑顔にも見えたが、指先から緊張《きんちょう》が伝わってくる。

いくら年上でも、すべてを経験しているわけではない。

少なくとも一年前のグレイは、命懸《いのちが》けの恋を知らなかった。

二十年しか生きていない自分も、何百年も生きている彼も、新しい恋の上では対等だ。

「グレイ……出会って一年は、命を懸けるには早すぎる。長ければいいというものではないが、私は……あと一年欲しい」

「――お前のほうが大人だな」

「いや……逆に、にぶくて、無神経《むしんけい》な子供だったのかもしれない」

傷が修復されていく指先を握《にぎ》りながら、ノアは自分の想いを口にした。

今にもその胸に飛び込んでしまいたいのをこらえて、グレイの返事を待つ。

彼は大きな体で小さくうなずき、やっと彼らしい顔でほほ笑んだ。

バルコニーで身を屈《かが》め、ノアの手の甲《こう》にキスをする。

「――ノア、愛している」

胸の中で、時計の針《はり》が動きだす。

今夜からは恋人同士だ。

今はまだ、口づけすらもできないけれど――。

END

18th anniversary

祝ラヴァーズ文庫様

18周年おめでとうございます。
ラヴァーズ文庫様の益々の御発展を、
心よりお祈り申し上げます。

犬飼のの

薔薇の宿命シリーズを応援してくださる読者様のおかげで、
十年連続でラブコレに参加させていただくことができました。
グリズリー獣人のグレイとノアの話の続きを書きました。
お楽しみいただければ幸いです。

薔薇の宿命シリーズ　ラフ画特集

HONEY
くにさわとも
ハチミツ入りレモンティー♡
かおるちゃんも飲む?
ん-
リモート中
ノア!
送ってくれた蜂蜜すっごく美味しかった!
色もとってもキレイだしっ
どれも花の香りが嫌味がなくて華やかで
LIMONE
ACACIA
GIRASOLE
我慢できなくて全部食べ比べしちゃっ
ブフッ
あっ
冗談ではなく届いてからずっとこの調子だぞ
コホッ失礼
友人…が作ったものなのですが
気に入っていただけたようでよかった
……
うん
丁寧なお仕事ありがとうって
よろしく伝えて

…ノアってさ
片付けますね
ありがと
雰囲気変わったよね
そうか?
前にも増して柔らかくなったというか
こう…キラキラしてるなぁって
特に変わった様子はなかったように思うが…
んー
なんていうかさ、
恋してるのかな~
なんて
ガタ
タッ
なにッ
恋?!
-END-
ラヴァーズ文庫さま
18周年おめでとうございます!
ノアの恋、見届け隊として
応援してます
くにさわとも

苺乳の秘訣
バーバラ片桐
illustration 奈良千春

今日、階下のバンケットホールでは、華やかなパーティが催《もよお》されているそうだ。

世界一のパティシエを競《きそ》う、世界最大規模の大会だ。飴細工《あめざいく》やアントルメショコラ部門、チョコレート細工とアシェットデセール部門など、三人一組での国代表チームの審査《しんさ》が行われる。

日本は常に優勝候補にあがっているのだが、三年前までは準優勝が最高記録だったらしい。だが、そのチームに、悠樹《ゆうき》の恋人である嶋田《しまだ》が加わることによって、昨年度、ついに悲願の優勝を果たした。

さらにその大会が東京で行われることとなった今年、日本はディフェンディングチャンピオンとなった。

大会はテレビで中継されていたから、悠樹は仕事の合間にちょくちょくそれを眺《なが》めて、大会の様子や、嶋田の手によってどれだけ器用に、素晴《すば》らしく美しい造形のスイーツができていくのかを、感嘆《かんたん》とともに見守ることができた。

しかも、嶋田はとても顔がいい。その真剣《しんけん》な眼差《まなざ》しがスイーツと一緒に画面に映されるのがとても良いと評判《ひょうばん》だった。今、日本で一番人気のあるパティシエではないだろうか。

しかもその実力も、全世界トップなのだ。

——先輩《せんぱい》の家は、三つ星ホテルの経営オーナー一家だし、性格もいいし、声もいい。

こんな出来すぎな男が、自分の恋人でいいのかと思う。どこもかしこも大好きでたまらないが、あえて欠点を探せというのなら、悠樹の乳首《ちくび》からほんの少量漏《も》れるミルクに執着《しゅうちゃく》しすぎることぐらいだ。

——だけど、欠点といわれるほどのものでもないしな……。

そこからミルクを直接吸《す》われるときの体感を思い出しただけで、悠樹はぞくっと感じて震《ふる》えた。

今日は、その世界一のパティシエを選ぶ大会の最終日だ。すでに審査は終わり、夕方からはその打ち上げパーティとなっている。

昼間の大会で実際に審査されたスイーツが小分けにして振る舞われ、会場は最高に盛り上がるそうだ。おまえも来るかと、悠樹は事前に嶋田に誘《さそ》いをかけられていたが、断った。

——だってああいう場だと、先輩が人気すぎて、落ち着かなくて。

今年の優勝の立役者である嶋田は、パーティで引っ張りだこだろう。テレビ画面に映し出された、世界各国のチームによるスイーツには興味があったが、一番、悠樹の口に合うのは、やはり嶋田が作るスイーツだ。

嶋田のスイーツならよく試食《ししょく》としてご馳走《ちそう》になるから、あえてパーティで食べることもない。悠樹に食べさせてくれるスイーツは、特別好みに合わせてくれているから、一般の品よりもおいしいのだ。

——パーティが終わるのは、午後八時ごろだって。

だから、悠樹はパーティには出席せずに、嶋田が宿泊するという部屋で待ち合わせることにした。普通に仕事をして、どこかで軽く食事をしてからホテルに寄ればいい。

そう思っていたのだが、一時間も前に、部屋についてしまったのには理由がある。

嶋田と、今日のホテルでの待ち合わせについて、昨日、電話で話した。

審査は三日間行われ、その間、嶋田はろくに眠らず、とても集中してスイーツを作り続けているらしい。声からも疲《つか》れが感じられたから、悠樹は少し心配になった。

『俺と会うよりも、眠ることのほうを優先したほうがいいんじゃないですか？　先輩、お疲れでしょうし』

『疲れてはいるけど、だからこそ逆に野崎《のざき》とすごく会いたい。……ミルクを飲ませてくれる？』

その言葉に、どきっと悠樹の鼓動《こどう》は乱れた。

嶋田は悠樹の乳首から稀《まれ》に出ることがある、ほんの少量のミルクをとても好んでくれている。どうしてそんなものが出るのか、仕組みはいまだにわからない。最初に出たのが思春期のときで、就職もしてすっかり落ち着いた今は、だいぶ治まっていたのだが、嶋田と再会して身体を重ねるようになって、また出始めるようになった。

男性なのに、乳首からミルクが出るなんて、ひどく恥ずかしい。

医師の診断《しんだん》によるとホルモンの乱れだそうだが、悠樹の身体と心が満たされたときに、射精《しゃせい》と一緒に分泌《ぶんぴつ》されることがあった。

ミルクを飲ませて欲しい、というのは、二人の間の情事を意味する。

そんなふうに匂《にお》わされたら、悠樹は了承《りょうしょう》しないわけにはいかなくなった。

嶋田に抱かれるのは好きだ。とても気持ちがいいし、愛されて満たされる感じがある。

悠樹の乳首から出るミルクを、とても幸せそうに飲んでくれる姿を見ると、よしよしてあげたいような気持ちにも陥《おちい》る。

——あれを飲みたがるってことは、先輩、相当疲れているんだろうな……。

言ってくれたことがあった。

嶋田にとって悠樹のミルクは、生きる希望であり、嶋田が作るスイーツの、全てのおいしさの源《みなもと》なのだそうだ。あれがなければ生きる希望を失い、自分が求めているスイーツの目標を見失う。ミルクを飲むことで日々の活力を得て、次のスイーツへの創作意欲が湧《わ》いてくるのだと、その秀麗《しゅうれい》な顔で言ってのけた。

ひどく疲れたときに飲むとシャキンとするそうだから、嶋田が望むなら飲ませてあげたい。

——しかも、すぐに。

そう思って、悠樹は準備することにした。

嶋田が予約していたのは、そのパティシエの大会が開かれるホテルのスイートだ。

悠樹は先にその部屋に入り、嶋田が戻ってくるのを待ちながら、シャワーを浴びた。それだけではなくて、他に道具も持ちこんで、準備もした。

——だって先輩、この三日間、ほとんど眠ってないから。

電話で、そんなふうに言っていた。

男の身体は、同性に抱かれるようにはできていない。だから、セックスのときには嶋田は時間をかけて丁寧《ていねい》に悠樹の身体を溶《と》かしてくれる。その手間と労力を、疲れきった今の嶋田に払わせるのは、恋人として間違っている気がした。

——だから、頑張らないと、俺が！

その思いで、悠樹は準備しておいた品をバスルームへと持ちこんだ。


——だけど、……出なかったんだよな、スイーツイベントの日は。結局。

悠樹は意気消沈《いきしょうちん》していた。

頑張って、嶋田のために事前の準備をした。すぐに挿入《そうにゅう》できるように中を柔《やわ》らかくほぐし、ミルクが出るように、乳首もいろんな大人の玩具《おもちゃ》であらかじめ十分に刺激をしておいた。とろとろになっていた悠樹の身体に、嶋田は違和感《いわかん》を覚えたようだ。だが、悠樹の意図を汲《く》み取ったのか、感謝するようにいっぱいキスしてくれて、性急に身体をつなげた。だけど、肝《かん》心《じん》のミルクは出なかった。

射精した後で、ぐったりとした悠樹の身体を抱き締めて、嶋田は思いやりに満ちた口調で言ってくれた。

『無理はしないでおこう。こういうのは、デリケートなものだからね』

疲れきっていたのか、射精するなり眠りに落ちていった嶋田だったが、ひどくがっかりとしていたのは察しがついた。

嶋田の寝顔はとても素敵《すてき》で、キスをしても目覚めないほど疲労困憊《ひろうこんぱい》していたようだが、せっかくあそこまで一人で下準備をして、ミルクを飲ませてあげようと思っていた悠樹のほうのがっかり度も半端《はんぱ》ではなかった。

——なんでだろうな。どうして前回は、出なかったんだろう?

いまだにミルクが出る、出ないの違いがわからない。このところ、嶋田に抱かれれば出ていたものだから、出ないなんて思ってもいなかった。

そんな疑問を抱えながらも、あれから一週間。

嶋田に誘われて、今日は嶋田のマンションでのお泊まりデートだ。金曜日の仕事帰りに寄って欲しいと言われている。とっておきのスイーツも準備してあると言われていた。

一週間の仕事の疲れもたまり、空腹でクタクタだった悠樹を出迎えたのは、先日、世界一のパティシエを選ぶ大会で優勝したときのスイーツの、お一人様バージョンだった。

「あの大会を放映した番組が、とても人気だったようで。うちの店にも、あれと同じものを食べてみたい、というお客様の声が寄せられて、試作したんだ。食べてみてくれる?」

「もちろんです!」

悠樹は疲れも吹き飛ぶ勢いで、出されたケーキとコーヒーを味わう。

嶋田のケーキは、いつ食べても最高に美味しい。どうしてこんなにも美味しいのか、不思議《ふしぎ》なぐらいだ。だが、よく味わってみれば、その味わいにも納得がいく。

なんでもないスポンジに思えても、その裏に他の食材に合わせたコンフィチュールが塗《ぬ》られていたり、洋酒がそっと忍《しの》ばされていたりする。触感も味覚も、何もかも計算しつくされていた。甘さもちょうどよくて、悠樹の味覚の好みのど真ん中を打ち抜いてくる。

「さいっこうに美味しいですね！」

お世辞《せじ》も何もなく、本心からそう語る悠樹を、嶋田は嬉《うれ》しそうに見つめていた。

ケーキだけでは足りないだろう、と言って、その後、甘さ控《ひか》えめの軽食を、ワインと一緒に出してくれたその後――。

嶋田は、不穏《ふおん》な空気を漂《ただよ》わせた。

――何か、すごく企《たくら》んでいそう。

嶋田が何かお楽しみを秘《ひ》めているときは、なんとなく察知《さっち》できる。やたらと機嫌《きげん》がよくて、何かこの後の幸福を思い浮かべたように微笑《ほほえ》んでいるからだ。

その上機嫌の原因がどこにあったのか、悠樹はシャワーの後に知った。

お互いにシャワーを浴びて、ほかほかの身体でベッドに上がったときだ。嶋田が楽しげに袋《ふくろ》をベッドの下から取り出し、シーツの上に広げた。披露《ひろう》されたのは、あらゆる種類のセックス用の玩具だった。

それらに、悠樹はゴクリと生唾《なまつば》を呑《の》んだ。

「な、……なんですか、これ」

嶋田が従兄弟《いとこ》の医者になりすましていたときには、乳首の感度を落とすためと称して、さまざまな道具を使ってきた。だが、それがバレてからというもの、玩具を使うことはなかったはずだ。

「君が、……こういうのを使うのが、好きだと知ったから」

嶋田はそう言って、その中の一つを手に取った。ピンク色の、スポイトのようなシリコンの玩具だ。膨《ふく》らんだ部分を押すと中の空気が押し出され、押していた部分から手を離すと、中に空気が吸《す》いこまれる。

もしかして、これで悠樹の乳首をきゅっと吸うのだろうか。

想像しただけで、シャツの下の乳首がきゅっと凝《しこ》った。

「すすす、……好きなんてことは、ありませんよ?」

あくまでも自分は、ノーマルなものが好きなはずだ。

嶋田は流れるような動きで、悠樹の手首をつかみ、その手首に柔らかなファーのついた手錠《てじょう》を巻きつけ始めた。

「前回、使ってただろ」

その言葉にハッとした。ホテルでした準備のことを言っているのだ。すぐさま嶋田がミルクを吸えるように、身体をとろとろにしておくために玩具の力を借りたのだ。何故《なぜ》なら、自分で乳首を刺激したところで、嶋田にされるようには感じない。

――だから、道具を使って、先輩にされたときのことを思い浮かべて。

だけど、どうして嶋田はそこまで見抜いたのだろう。後孔は柔らかさで、準備ができていると見抜けたはずだが、乳首まで玩具を使って刺激したなんてことは。

「跡《あと》がついてた。吸盤《きゅうばん》を、かぶせたような跡が」

顔をのぞきこまれ、思考を読んだように言われて、嶋田の観察力にギョッとした。跡がついていたなんて、思ってもいなかった。残っていたとしても、かすかなものだっただろう。それを嶋田は、あんな疲労困憊状態の、しかも薄暗い照明の中で見抜いたというのか。

――見抜くか、先輩なら。

何せ、嶋田はあらゆる面ですごい。特に、ミルクを分泌《ぶんぴつ》する乳首については、びっくりするほどの執着《しゅうちゃく》と観察眼《かんさつがん》を見せる。その嶋田相手に、乳首に関しての隠《かく》しごとなど不可能なのかもしれない。

嶋田は悠樹の手首にテキパキと手錠を巻きつけ、その手首を悠樹の頭上に固定した。この状態では、胸をガードすることができなくなる。

そう思っただけで、ぞくっと身体が芯《しん》のほうから痺《しび》れた。

嶋田は目を輝かせながら、悠樹がシャワー上がりに着ていたバスローブをはだけさせ、露出《ろしゅつ》した乳首を先ほどのピンクのスポイトのようなもので、きゅっと吸った。

「っ！」

唇で吸われたときのような刺激が、ピンポイントで乳首を襲《おそ》う。シリコンのような素材をぴったりと当てられて空気を押し出されると、その中に乳首が吸いこまれる仕組みだった。きゅ、きゅっと、乳首を吸われながら、同時にシリコンの側面でぬるぬると舐《な》められているような感触に、悠樹は下肢《かし》まで痺れた。

片方の乳首をシリコンでなぶり、硬く尖《とが》らせた後で、嶋田は慎重《しんちょう》にその乳首に小さなシリコンの輪ゴムをはめた。途端《とたん》にその部分をより意識せずにはいられなくなり、根元をきゅっとたばねられて、ますます乳首が凝る。

その後で、嶋田は乳首にそっとカップをかぶせてきた。乳首全体が収まるよりも少し大きいカップの内側には、シリコンの舌のような無数の突起《とっき》がついている。スイッチを入れた途端、その中心部が回転し始めて、シリコンの突起が乳首をなぶった。

「つぅあ！　……っあっ、あっあっ」

敏感《びんかん》になった乳首を、シリコンの独特の弾力《だんりょく》で何度も弾《はじ》かれる刺激に、びくびくと悠樹の腰が跳《は》ねた。だが、嶋田はその身体を我が身で組み敷き、カップを押しつけてくる。

それから、まだ刺激が与えられていない側の乳首を、自らの舌や唇《くちびる》でなぶってきた。

「っふ、……は、……んぁ、……あ……っ」

機械による暴力的《ぼうりょくてき》なほどの快感《かいかん》を与えられている乳首からの刺激と、嶋田による繊細《せんさい》な舌の動きが体内で混じる。その両方の快感に、どこにどう集中すればいいのかわからなくなった。

乳首をきゅっと吸い上げられ、さらに軽く歯を立てられて刺激が走る。反対側の乳首は、ローラーの回転速度が上げられたのか、シリコンの舌でもみくちゃにされているというのに。

「っ！ ぁ、あっ、あ……っ！」

乳首だけで感じすぎて、腰の揺れが止まらない。

まずは乳首をいじられ、全身の性感が高まると、後ろもいじられるのが常だったから、感じると条件反射で粘膜《ねんまく》がじわじわと疼《うず》いてしまう。

嶋田もその腰の動きを察知したらしくて、悠樹の上で上体を起こした。

「こういったものを使っているときには、手が足りない。そういうときのために、吸いつきモード、っていうのがあるらしくて」

「すい……つき？」

「そう。カップの中から空気が排出《はいしゅつ》されて、外《はず》れなくなる。代わりに、少々刺激が強くなるみたいだけど」

そんな言葉とともに、嶋田が操作《そうさ》したらしい。

乳首に張りついていた小さなカップから、しゅ、と空気が抜ける音がした。それと同時にカップが胸に張りつき、やんわりと乳首を刺激していたシリコンの突起が、強く乳首と擦《こす》れた。

「つぅぁああ……っ！」

ぞくっと、身体の芯まで痺れる。しかも、強くなった刺激は途絶《とだ》えることなく、尖りきった突起をひたすら刺激してくるのだ。

「耐《た》えられる？　これが最弱みたいなんだけど」

様子をうかがいながら嶋田は悠樹の足を抱え上げ、その奥に指を押しこんだ。

「ツン……っ、は……っ」

ずっと疼いていたところだけに、その指の存在が心地よくて、ぎゅっと締めつけてしまう。

答えを一旦《いったん》保留したことで、嶋田はそのままでいいと判断したらしい。中に押しこんだ指に沿わせるように、もう一本指を押しこんだ。

中にある指を巧《たく》みに動かしながらも、嶋田は空《あ》いた手で、悠樹のもう片方の乳首にも、同じシリコンの道具をつけてしまう。外れないようにする装置もオンにされて、両方の乳首を容赦《ようしゃ》なくぐりぐりされては、悠樹はたまったものではない。

「っんぁああ、……っあ、……っあ……」

シリコンだから、痛みはない。だけど、硬くしこった乳首を、ぐい、と容赦なく押しつぶされた瞬間《しゅんかん》の、息が詰《つ》まるような体感をやり過ごすだけでもやっとだ。刺激が走るたびに、どうしても身体に力を入れてしまうから、中にある嶋田の指もぎゅうぎゅうに締めつけることになる。

やたらとひくついているのを誤解《ごかい》されたのか、少し上擦《うわず》った声でささやかれた。

「もう、欲しい?」

その声に、ぞくりと身体が痺れた。

まだ早いような気もするが、嶋田が望むのならそれでいい。嶋田は自分の身体を傷つけることはない、という信頼があった。

小さくうなずくと指が抜かれ、中にたっぷりと潤滑剤《じゅんかつざい》を施《ほどこ》される。

挿入する前に、嶋田は乳首からシリコンのカップを両方とも外した。

「ここ、舐めながら、入れていい?」

尋ねる形を取りながらもそうするつもりらしく、嶋田は悠樹の足を大きく抱え上げた。入り口に切っ先を擦りつけての切実なお願いを断ることは、できそうになかった。

うなずくと、挿入の角度を見定めながら、慎重に嶋田が入ってくる。その切っ先が中を押し広げる感覚には、なかなか慣れることはできなくて、悠樹は思わず息を詰めそうになる。

だが、すかさず乳首を舐められ、その尖りが舌先でぷるんと揺らされる刺激に力が抜けると、またずずっと押しこまれた。

「っはぁ、……は、……は……っ」

ずっと胸のカップの中が減圧になっていたせいか、乳首はいつもよりも心持ち、肥大《ひだい》しているようだ。潤滑剤でべとべとになった乳首をそっと舐められるだけでも、今までとは違った刺激がぞわっと首筋《くびすじ》を抜けた。

嶋田の舌は乳首を下から上へとべろっと舐め上げた後で、上下に動いて、尖った乳首を小刻《こきざ》みに震わせてきた。

「前回、……準備してくれて、……可愛くって、愛《いと》しかった」

慎重に押しこみながら、嶋田が思い出したように言ってくる。前回、一人で準備したことをあらためて言葉にされると、恥ずかしさにいたたまれなくなる。しかも、そこまで恥ずかしいことをしたのに、ミルクを飲ませることはかなわなかったのだ。

「――せんぱい、うっ、……っ…お疲れ、だった、……から」

体内をその大きなものが進むたびに、押し出される声に合わせて言ってみる。今も、スムーズに嶋田を受け入れられないのが、少し悲しい。

だけど、見上げた嶋田の表情は柔らかく、愛にあふれているように見えた。

「準備とかしなくても、手間暇《てまひま》かけて、この身体を開かせていくのが楽しい。別に、それを面倒に思ってないんだ。効率とか、考えなくても」

これを伝えるタイミングを、ずっと嶋田は計っていたのかもしれない。そんなふうにささやかれたことで、自分が前回、嶋田に手間をかけさせないために準備したことも、全部見抜かれていたのだと気づいた。面倒な身体なのに、嶋田はそれを負担に思っていない。そう教えられたことで、ふわりと気持ちが軽くなる。

もしかしてミルクが出なかったのは、自分が効率だけに縛《しば》られていたせいかもしれないと気づいた。

――先輩に、愛されるのが足りなかったから。

ミルクの出る仕組みは、まだわからない。それでも、手間暇かけて、嶋田にたっぷり愛してもらうのが、それが出る秘訣《ひけつ》かもしれない。そんなふうに思えてくる。

気負いが抜けたせいか、身体からも力が抜けた。深くまで、嶋田のものが入ってくる。同時に乳首を吸われて、そこからもたまらない疼きが接合部まで伝わった。

入ってきたものに、粘膜がからみつく。

「っうぁ、……ん……っ」

その動きが悠樹にも快感を与えた。

ぷっくり突き出た小さな乳首に顔を埋《うず》めながら、嶋田は力強く動き始める。胸の小さな尖りを舌と唇で味わいながら、繊細につつき、なぞり、吸い上げた。

その張りつめた大きなもので感じるところをなぞりあげられるたびに、ぶるっと腰が揺れる。突き出た突起をぬるっと舐められた。今日は最初に機械で嫌というほど刺激されたために、敏感になったままのような気がする。

その小さな突起を左右交互に責めながら、嶋田は腰を動かし続ける。最初はぎちぎちに感じられた後孔も、えぐられるのに合わせて柔らかく開き、うごめき始めた。

それに合わせて、悠樹が受け止める快感も一気に膨れ上がっていく。

「っっぁあ、……んぁ、……は、……く、……うう……っ」

だけど、嶋田はそう簡単に、悠樹をイかせてくれようとはしない。達しそうになると動きを緩《ゆる》め、乳首への刺激もゆるゆるとしたものに変える。

届きそうだった絶頂感が遠のき、再開されたときに味わう快感は、先ほどよりももっと濃厚《のうこう》なものに変わる。だんだんと我を忘れてあえぎながら、悠樹は尋ねてみた。

「ど——して……」

最初のうちは意地悪《いじわる》に感じていたそれが、より悠樹の身体に快感を味わわせようとしているのだとわかってくる。

「何が？」

「てっとり早く、……ミルク、飲みたくないですか？」

「こうしたほうが、味がよくなる気がする。それに、何年たっても、何十年たっても、ここからミルクが吸えるように、大切に育《はぐく》んでいきたいからな」

——何十年……？

そんなにも、ミルクを飲み続けるつもりなのだろうか。そこまでミルクを愛してくれる嶋田に感動と戦慄《せんりつ》を覚えながら、悠樹はその動きに身を委《ゆだ》ねた。

END

18TH ANNIVERSARY

ラヴァーズ文庫
18周年おめでとうございます

18年といえば、生まれたばかりの子供が、
18禁のものまで買える年月！
高校を卒業するころで、BL的には
一番おいしい年齢!
創刊のころには私は関わっていないのですが、
そんな長い間、ラヴァーズ文庫が
続いているのはめでたいばかりです。
今後とも、末永く続くことを祈りまして。
おめでとうございます。

バーバラ片桐

LOVERS COLLECTION

苺乳の秘密 ラフ画特集

ほ
手前 プリン チョコとか
飴細工
スプーン
ホイップ 体に所々
先輩 手ぶくろしてます
ババロアミルクがけ
ミルクがけ
かみあと
ヒモ 黒
背景 ミルク壁紙
今回もコミックぽいエロかわ系です

口絵
サッカー部部室にて
(先)長ソデ
サッカー
ブラインドと青空
食べたあとのカップケーキ
机
(ゆ)半ソデアンダーシャツ
ちょっと勃ってる。

悠樹
黒
高校生のころ。
キラン☆
悠樹はあんまり変わらない。
GA
menu

先輩
ややクセ黒
変装時の髪はトーン
忘れ注意
左耳たぶ2連ホクロ
SHIMADA CLINIC

ラブコレ3
ねおきのふたり
いちご柄ピロー
ベッドヘッドは
レイヤー分かれてます。
吸い跡いっぱい
パジャマ白で
黒パジャマ
本物のいちご数個落とす。
掛けも柄予定

ガッ
びくく#
D絵より
やや乱れ。
まど外
「青空」の表記がありましたが
夕方ですか？
D絵は青空ですので…。
ボール

②
シャンデリア
ホクロ
ホテル風会場
覚えていてくれてうれしいオーラ飛ぶ
コーヒーカップ
ヤシ等

ホクロ忘れず ③
髪見える時はトーンで。
先ぱい基本メガネ・キャップ
マスク・手袋。
SHIMADA CLINIC
ライト
モニタ
勃
歯科風
背景・器具
⑥まで
ワゴン
筆・クリーム・鉗子など
ローション・ガーゼ
拘束→腰・腕

目かくし取れる。(目)
歯科風背景
ライト
キャップ無し
手袋
ワゴン 筆やローションなど
分娩台風
イス

8
まど!!
夜景
チェア、サイドテーブル

ぷるるんっ
これでよし…と
いつもケアしてもらっちゃってすみません…
いちゃ いちゃ
ちゅ
君だけの（からだ）乳首じゃないし
俺がやりたいからやっているんだ 気にするな♡
相も変わらず悠樹くんにはデロ甘な嶋田先輩ですが…
いちゃ
ふふ…
事後の乳首ケア
シュガー×シュガー
2022 ©奈良千春
そういえば先輩
ん？
俺たちって恋人になってからもうだいぶ経ちませんか？
うん、あと5分で186日目だけど
それが？
そ、そうなんだ…？
あ、えっと それでですね
そろそろお互いに名前で呼び合うのもいい時期なんじゃないかなぁ
なんて—
ガーン…
…「せんぱい」が好きです？
じゃあそのままにしますね♪
こくり
こくり
かわいいなあもう〜〜
悠樹くんも先輩にゲロ甘なので
結局お似合いなスイーツなカップルなのでした。

背景
部長のマンションでホリデー(クリスマス)パーティー。
ベランピングみたいな。
サンタさん どこかに入れるかも(バルーンとかで)
豆ライト
叶野
皿運び
BBQ.
クリスマス&ホリデーバルーン
坂本
トナカイフェイ
星ON
トート
桐生
レオン
つまみ下準備
桑名
猫からのあやしいプレゼント
トナカイカアプ
梶谷
嶋田
お料理やランタン・キャンドル
先輩の健全なケーキ。
サンパンダ
子供好きしそうなキャラに子守を頼みました
オーナメントとランタン、赤の花(ばら?)など

グレイ
ノア
智祐
真尋
一馬
神宮

Lovers Label

ラブ♥コレ 18th anniversary

ラヴァーズ文庫をお買い上げいただきありがとうございます。
この作品を読んでのご意見・ご感想をお聞かせください。
あて先は下記の通りです。

〒102－0075
東京都千代田区三番町8-1 三番町東急ビル6F
(株)竹書房 ラヴァーズ文庫編集部
西野 花 秀 香穂里 いおかいつき
ふゆの仁子 犬飼のの バーバラ片桐
奈良千春 國沢 智 各先生係

2022年12月5日
初版第1刷発行

●発行者 後藤明信
●発行所 株式会社 竹書房
〒102－0075
東京都千代田区三番町8-1 三番町東急ビル6F
代表 email： info@takeshobo.co.jp
編集部 email： lovers-b@takeshobo.co.jp
●ホームページ
http://bl.takeshobo.co.jp/

●印刷所 中央精版印刷株式会社

ラヴァーズ文庫
Lovers Label
発育乳首
HATSUIKU CHIKUBI
～白蜜管理～
HAKUMITSU KANRI
著 秀《しゅう》香《か》穂《お》里《り》
画 奈《な》良《ら》千《ち》春《はる》
禁欲的で冷たい容姿を持つ、桐生義晶《きりゅうよしあき》は、
決して知られてはいけない秘密を隠している。
毎晩、居候の坂本《さかもと》に乳首を嬲られ、
大きく育っているのだ。
鬼畜な坂本は、桐生の乳首をもっと開発するために、
さらに淫らな悪戯をたくらんでいた――。
「仕事中に乳首で感じてるのがバレてるよ」
秘密を知られてしまった上司と部下も加わり、
桐生の胸は、男たちの愛撫によって、
いっそう紅く、甘く、ふくらんでいく。
課長の乳首は、だれのものですか？
好評発売中!!

ラヴァーズ文庫
Lovers Label
飴《あめ》と鞭《むち》も
恋《こい》のうち
Fourth
メイクラブ
捜査一課の男前班長
甘イキ!?
捜査一課のエリート刑事・佐久良《さくら》は、酔って記憶を失くしたせいで、
ふたりの部下と、同時に付き合うことになってしまった。
恋人を甘やかしたい若宮と、泣かせてしまいたい望月。
ふたりの『アメ』と『ムチ』で、毎晩のように喘がされている佐久良だが、
ある日、ふたりの恋人のもとに、全裸で眠っている佐久良の画像が
送られてきて——。大ピンチ!!
事件に巻き込まれた佐久良の運命は!?
著 いおかいつき
画 國《くに》沢《さわ》 智《とも》
好評発売中!!

ラヴァーズ文庫
Lovers Label
猛獣ホストたちが言う
ことをきいてくれません
雄の花園
Host club Princess Gang
オーナーはホスト達に
体で愛をわからせられる
父親の経営するホストクラブを引き継ぎ、新オーナーになった、
元公務員の藤澤《ふじさわ》智《ち》祐《ひろ》は、店で働くホスト達を好きになれずにいた。
そんな智祐は、就任早々、三人のホストを怒らせてしまう。
「オーナーは愛を知らないから、体でわからせてあげる必要があるな」
猛獣なイケメン達を本気にさせてしまった智祐は、
初なカラダに火をつけられ、それを激しく燃やされようとしていた。
好評発売中!!
著 西野《にしの》花《はな》
画 國沢《くにさわ》智《とも》

ラヴァーズ文庫
Lovers Label
苺乳《イチゴミルク》の秘密
Strawberry milk
スイーツ&お前の乳首
どっちが美味しぃ?
Strawberry Milk
〜後輩の甘い乳首が狙われてる〜
著 バーバラ片桐《かたぎり》
画 奈良千春《ならちはる》
会社員の野崎悠樹《のざきゆうき》は、学生の頃から敏感すぎる乳首のことを秘密にしている。
高校生のとき、秘密を打ち明けた先輩の嶋田《しまだ》に、胸を触られてから、
その快感を忘れられず、乳首はさらに敏感になっていた。
そんな先輩と10年ぶりに、偶然再会してしまった!!
有名パティシエの先輩は、悠樹の乳首の悩みを覚えていて、
良い治療方法があると提案してくれる。
でもそれは、とても恥ずかしい方法で──。
好評発売中!!

ラヴァーズ文庫
Lovers Label
ひみつ滴る
隠し巫女はおとこ
超現実主義者と
花の巫女の蜜約
chogenjitsushugishato hanano mikono mitsuyaku
山中でひっそりと暮らしていた『隠し巫女』の紬《つむぎ》のもとへ、ある日、
ひとりの男がやってくる。
憑きモノを祓いに来た動画クリエイターの友朗は、神秘的なことは
信じていなかったが、レアな『隠し巫女』の紬に興味を持っていた。
隠れ家も、男だということもバレてしまった紬は、友朗とカラダを
つなげて邪気を祓う、甘美な儀式をすることになってしまうが…。
真逆の二人が一夜にして惹かれ合う、秘恋——。
好評発売中!!
著 西野《にしの》花《はな》
画 奈良《なら》千春《ちはる》

ラヴァーズ文庫
Lovers Label
キス×キル
KISS×KILL
勝手に気持ちよくなるな
お前を感じさせるのは
俺の役目だ
著 いおかいつき
画 國《くに》沢《さわ》智《とも》
敏腕刑事の河東一馬《かわとうかずま》と、科捜研の新鋭・神宮聡志《じんぐうさとし》。
秘密で付き合い始めたふたりの間には、いまだに解決していない問題がある。
それは、どちらが相手に「抱かれるか」ということ。
好きな奴とは抱き合いたい。でも男のプライドは譲れない!!
あるとき、一馬の高校時代の教師が
未解決事件の被害者として発見される。
その教師は当時、一馬がラブホテルで会ったことのある男で…。
神宮には、男と付き合ったことはないと伝えていた一馬だが——?
好評発売中!!